LE RÉVEIL DU CŒUR

François d'Epenoux

LE RÉVEIL DU CŒUR

Éditions Anne Carrière

Du même auteur
chez le même éditeur

Gégé, 1995
L'Importune, 1996
Danemark Espéranto, 1998
Deux jours à tuer, 2001
Les bobos me font mal, 2003
Les Papas du dimanche, 2005
Gaby, 2008
Même pas mort, 2010

ISBN : 978-2-8433-7682-5

www.anne-carriere.fr

À Élise et Oscar.

Remerciements chaleureux à mon ami
Frédéric Zeitoun,
à plus d'un titre.

« Le vrai bonheur serait
de se souvenir du présent. »
Jules Renard

La parole est à Jean

1

« Je te laisse avec tous ces cons ! »

C'était il y a dix minutes, une éternité, à l'heure de la sortie des bureaux. Le Vieux m'a accompagné jusqu'au quai du métro Pernety. La rame est arrivée, pleine à craquer, lourde, lente, comme pour laisser au vieil homme le temps de m'embrasser. Dans le couinement des freins, elle s'est immobilisée et chaque double porte s'est ouverte sur un rempart d'usagers compressés. Chacun d'eux me faisait face, hostile, dissuasif, raidi par la crainte d'être éjecté, et bien décidé à ne pas céder un pouce de l'espace occupé par ses pieds. Des naufragés entassés sur un radeau, voyant nager vers eux un autre naufragé.

La confrontation avec ce monstre pluricéphale a duré, allez, trois secondes. J'ai regardé à droite et à gauche : le quai ne comptait plus que quelques voyageurs découragés, résignés à attendre le prochain convoi à bestiaux. Je n'avais pas le temps d'attendre. C'est le Vieux qui m'a décidé. Il m'a poussé à monter, au sens propre du terme. J'ai senti la pression de sa main sur mon épaule et, d'un bond, j'ai foncé dans le mur humain pour m'y encastrer, non sans provoquer un sourd concert de râles, de soupirs et d'injures d'autant plus outrés qu'ils étaient protégés par l'anonymat. Puis, une fois mon corps thermoformé dans la masse compacte des autres corps, j'ai pivoté pour saluer le Vieux.

En même temps que moi, vingt paires d'yeux le fixaient, lui, l'homme libre et détendu, resté seul sur le quai. Un lourd silence s'est fait – de ceux qui précèdent les tempêtes et les départs. C'est alors que, oui, il l'a fait. Juste avant que la sonnerie ne retentisse, juste avant que les portes ne se referment, le Vieux nous a tous regardés avant de me lancer, bien fort : « Je te laisse avec tous ces cons ! »

Sur ces mots, le couperet a claqué au ras de mon nez, la rame s'est ébranlée et sa trogne s'est éloignée dans un sourire narquois. C'est peu dire qu'ensuite le voyage m'a paru long jusqu'à la station suivante. Pour avoir un ordre d'idées, quelque chose comme Paris-Pékin en Transsibérien *via* Vladivostok, avec des travaux sur la ligne.

C'est que, sur ma nuque de pénitent honteux, se concentrait toute la haine dont est capable l'humanité quand elle fait bloc et, par la force des choses, se tient les coudes. Si ces gens avaient pu me décapiter, ils l'auraient fait avec joie, et ma tête aurait roulé comme ce train dans son tunnel. Dieu merci, pas plus qu'ils ne pouvaient lire un journal ou consulter un texto, ils ne pouvaient brandir un sabre. Les sardines savent-elles leur chance d'être mortes quand elles sont alignées dans une boîte de métal ? Moi, mes assassins virtuels étaient bien vivants. Pis encore, à chaque mouvement du métro ils s'écrasaient contre moi, en un balancement grégaire et macabre. Je pouvais sentir leur haleine, leurs coudes, leurs genoux. Au moins les condamnés à l'échafaud étaient-ils au large dans leur charrette et échappaient-ils à l'humiliation d'avoir à danser la biguine avec leurs bourreaux.

Jamais la station Gaîté ne m'a semblé aussi bien nommée. À peine les vannes ouvertes, j'ai jailli de la rame, non plus comme une sardine sans vie, mais comme un saumon fougueux et étincelant. Certes, des flots d'injures continuaient de m'éclabousser tandis que je remontais le courant de la foule. Mais, l'air libre approchant, ils n'avaient plus, déjà, que la vaine mollesse du crachat.

*

Je viens de m'échouer dans un troquet parfaitement ordinaire, *Le Maine Café*, sur l'avenue du même nom. J'ai eu beau y entrer d'une façon décontractée, dire bonjour à la compagnie comme un cow-boy de saloon, choisir avec désinvolture une table près de la vitrine et m'y asseoir en prenant des airs d'habitué, je fais partie de ces individus que les garçons de café ne jugent pas nécessaire de servir en priorité. Ils servent en général tous les clients qui m'entourent, sauf moi. Sur moi, leur regard glisse. Ils ne me voient pas.

Mon drame, c'est que je n'ai pas le chic pour attirer leur attention d'un bon mot familier ou d'une injonction ferme censée les stopper net sur la route du comptoir. Moi, j'ai toujours un sourire poli, de circonstance, qui ne produit aucun effet, qui *n'existe pas*. Il m'est fréquemment arrivé de partir sans demander ni mon reste, ni le moindre *espresso*. Mais cette fois, échaudé par l'épreuve du métro, je n'ai pas l'intention de me laisser faire. Je hèle le garçon un peu plus fort que je ne l'aurais voulu. Ma voix dérape – problème de dosage. Des têtes se retournent, celle du garçon aussi, qui a beau jeu de me lancer, caustique : « Mais j'arrive, monsieur, j'arrive… » Je devrais le moucher, ce crétin, avoir la répartie qui tue, la petite remarque qui fuse. Rien du tout. Je n'ai qu'un sourire con qui semble déjà s'excuser.

Le garçon apparaît. Il est du genre à ne respecter que les pourboires de P-DG et les blagues d'ouvriers, mais rien entre les deux. À ses yeux, un quadragénaire passe-partout qui ne passe pas souvent, ça ne vaut pas un bonjour.

— Oui ?

— Un café, dis-je en regardant dehors, avec la fermeté de ceux qui ont autre chose à faire.

Il enregistre. Sa petite revanche, c'est de revenir longtemps après, très longtemps après, pour me servir un café tiède, qu'il a peut-être agrémenté, qui sait, d'un filet de salive. Bien entendu, et c'est là sa deuxième vengeance, il ne saisit pas le billet que j'ai posé à son intention, me signifiant par là qu'il le prendra quand il en aura envie, c'est-à-dire lors d'un prochain et très hypothétique passage dans ma zone.

Alors que je bous comme un café foutu, voilà qu'il revient, prend le billet sans ménagement, plonge deux doigts noirs dans la poche ventrale de son tablier et en sort quelques pièces qu'il sélectionne et fait rouler sur ma table. J'aimerais clouer ce type au mur, lui enfoncer une fourchette dans l'œil, façon Joe Pesci dans *Les Affranchis*. Mais je m'en veux tellement de ne pas savoir comment m'y prendre (la fourchette se tordrait, je viserais les cheveux, je glisserais sur une feuille de salade) que je m'en vais sans un mot. Le silence est souvent la petite fierté des lâches. Est-ce la présence vertigineuse de la tour Montparnasse ? Quelques instants plus tard, assis à ses pieds sur un banc, je me sens tout petit. Oui, un tout petit bonhomme.

Qu'est-ce qui a bien pu passer par la tête du Vieux ? C'est tout lui, ça. Quarante-deux ans que je le pratique presque chaque jour, et je ne me suis toujours pas fait à son humour. Si elle n'était pas morte en une seconde et en pleine rue, terrassée par une crise cardiaque, ma mère m'aurait peut-être prévenu que mon géniteur était dingue. Mais ça n'aurait rien changé au fait que cet homme-là est tout pour moi : mon père, mon frère, mon socle, mon arbre, mon maître, ma raison de me marrer et de m'exaspérer, mon moins et mon plus, mon courant biphasé, mon double pôle.

J'aimerais lui téléphoner tout de suite, mais pas question, il faudra attendre ce soir. Monsieur n'a pas de portable, Monsieur hait les portables, comme tout ce qui ressemble de près ou de loin aux attributs de notre époque. Qu'on se le dise : son téléphone à lui est noir, en bakélite, avec un fil en tortillons, un cadran à trous qu'il faut accompagner du doigt à l'aller comme au retour, chiffre par chiffre, et qui produit un bruit de crécelle. L'exacte réplique, en somme, du téléphone de Louis Jouvet dans *Quai des Orfèvres*. Avec, excusez du peu, l'innovation suprême : un écouteur individuel qu'on se colle sur l'oreille. Inutile de dire que l'engin, quand il sonne, vous réveillerait un régiment en moins de temps qu'il n'en faut pour devenir sourd. Ne manque que l'opératrice au bout du fil, qui vous donne le « Maillot 24 26 » ou le « Passy 18 54 » avec la voix de Jacqueline Joubert. Mais de cela, tout de même, le Vieux a dû faire son deuil.

En début de soirée, je lui téléphone. Il décroche au bout de douze sonneries.

— J'écoute.

— C'est moi.

— Tu es vivant ?

— De justesse. J'ai failli me faire lyncher. Qu'est-ce qui t'a pris ?

Il toussote, sans que l'on sache ce qui tient du rire ou de la quinte.

— Envie de me marrer.

— Très réussi. Tu imagines l'ambiance dans la rame ?

— Oh que oui !

Manifestement, le rire l'emporte. J'imagine sa belle gueule léonine se plissant de mille traits et sa fine moustache, coupée très court, former le V de la victoire au-dessus de ses lèvres.

— Excuse-moi, Jean. Mais franchement, c'est vrai, les gens sont trop cons ! Quand je les ai vus tous agglutinés devant, alors qu'il y avait de la place derrière, je n'ai pas pu résister. Et puis toi, au milieu de tout ça, droit comme un cierge…

— Ça t'a donné envie de m'allumer.

— Voilà. Eh oh, c'était pas méchant.

— C'est vrai. Tu as fait pire.

— J'aime tellement tester mes contemporains ! Voir s'ils sont encore capables de pouffer ! Pas un n'a souri. Tous serrés, impassibles, avec les cordons de leur stéthoscope qui leur sortaient des oreilles…

— Des iPod, papa… de la musique…

— Quelle horreur. Ils feraient mieux d'écouter leur cœur, ce ne sont pas les clochards qui manquent…

— Ils n'ont pas le temps. Et s'ils le faisaient, s'ils s'écoutaient vraiment, comme tu dis, ils deviendraient fous. Tu crois qu'ils ne le savent pas, qu'ils participent à un système absurde et vain ? que le monde marche sur la tête ? Tu crois qu'ils n'ont pas envie de mettre les voiles, eux aussi ?

Il rigole franchement.

— Les voiles ? Avec leur passe Navigo ?

— Oui, si tu veux, avec leur passe Navigo.

— « Passe Navigo ». Quand tu as dit ça, tu as tout dit sur l'époque. Tu parles de navigateurs…

— Tout le monde n'a pas eu la chance de bosser dans la marine marchande, capitaine.

— Dommage.

— Et puis, entre nous, l'époque du « poinçonneur des Lilas », c'était pas mieux.

— Au moins, les gens se parlaient, il y avait des humains. Alors que là… bip bip bip ! On passe en coup de vent, c'est lugubre.

— Pas plus lugubre que « des p'tits trous, toujours des p'tits trous ».

— Si tu le dis…

Le Vieux baisse la garde. J'en profite.

— Tu sais, papa, ils font ce qu'ils peuvent. Tout le monde fait ce qu'il peut.

— Sauve qui peut, tu veux dire. Qu'est-ce qu'ils s'imaginent, les Marco Polo de la ligne 13 ? Qu'est-ce qu'ils croient, les hamsters ? Qu'ils vont sauver la société ? Ils courent, ils courent, mais quand la roue tournera vraiment, ils seront jetés comme des riens du tout. Tu me diras, le petit luxe des pauvres, c'est de pouvoir espérer. Alors que les riches, eux, ont déjà tout. C'est triste !

— C'est possible mais, en attendant, chacun protège sa peau. Sa baraque, son crédit, ses économies, son boulot, son couple, et je ne sais quoi encore. Toi qui parlais d'humains, ça, c'est humain. Encore une fois, que veux-tu qu'ils fassent ? Qu'ils attaquent les tours de la Défense à coups de pioche ?

— Oh oui ! Ce serait bien, ça ! jubile le Vieux.

— Tu rêves. Il n'y a pas de fuite possible. Juste une fuite en avant.

— Tu vois ? Tu m'approuves.

— Bien sûr que je t'approuve. Mais, à la différence de toi, je compatis.

— N'empêche, j'ai bien ri. Tu les aurais vus, quand même…

— Je ne les ai pas vus, mais je les ai imaginés autour de moi et, crois-moi, ça m'a suffi. J'ai cru m'asphyxier.

— Et moi, j'ai cru m'étouffer de rire.

Je soupire, il reprend son souffle.

— T'es pas marrant aujourd'hui, déplore-t-il. Tu es chez toi ?

— Eh oui.

— Tu as dîné ?

— Non, pas encore. Je vais me réchauffer quelque chose au micro-ondes…

— Au quoi ?

— À la casserole.

— Je préfère. Arrête avec ces cochonneries de surgelés. On ne sait pas ce que tous ces trucs font sur l'organisme. Les blocs de glace qui se réchauffent en vingt secondes sous une pluie de rayons, je ne vois pas bien comment ça peut marcher. Fais-toi une bonne vieille boîte de conserve, touille avec une cuillère en bois. Crois-moi, y a que ça de vrai.

— Je vais y penser.

— Et après, ta soirée ?

— J'envisage d'écouter Charles Trenet sur la TSF.

— Fous-toi de moi. Allez, dors bien, mon fils. Sans rancune ?

— Bien sûr que non. Bonne nuit, papa. Fais de beaux rêves. Au long cours.

— Bonne nuit, mon grand. Et merci d'être venu avec moi voir ta tante. Elle en avait besoin. C'est important, la famille.

— Au fait, tu es rentré par le train ?

— Penses-tu, j'étais avec la Lionne. La côte de Saint-Cloud, elle n'en a fait qu'une bouchée.

Qui pourrait penser que, derrière ce sobriquet de danseuse de cabaret, se cache en réalité une vénérable machine ? « La Lionne », c'est ainsi que le Vieux surnomme sa Peugeot 203 millésime 1955, en hommage au fauve chromé qui surmonte son capot à la manière d'une figure de proue. Pour le reste, en effet, la vieille dame possède la robe noire et la silhouette alerte d'une veuve qui ne se laisse pas abattre. Bien campée sur ses pneus, sobre en huile et en essence, elle parcourt les rues de Garches avec un sourire métallique et de gros yeux indulgents. Pour tous, c'est une pièce de collection. Pas pour le Vieux. Pour lui, c'est sa voiture. Mieux, son *auto*. Il la toilette et la bichonne, la sort tous les jours, hume ses parfums de velours et de bakélite, l'écoute avec attention, jamais assez prévenant. Rien à voir avec les « choses ovoïdes » en plastique et matières composites qui créent les embouteillages de la populace. La Lionne, dans son esprit, est l'un des vestiges d'une époque où les conducteurs étaient élégants, où les platanes bordaient les routes, où les cabriolets italiens appartenaient à des princes de sang et non à des rois du football.

Quant à savoir ce que le Vieux va faire de sa soirée, je ne le devine que trop. Sur sa télévision à coins ronds qui date de *Cinq colonnes à la une*, il va regarder l'un des innombrables DVD qu'il commande par colis entiers dans la collection « René Château ». Cette concession faite à la technique d'aujourd'hui est assez rare chez lui pour être soulignée. Un électricien qui l'aime bien – beaucoup de gens l'aiment bien – s'est dévoué pour venir bidouiller les branchements nécessaires. Et mon père, comme chaque jour que Dieu fait, enfoncé dans un fauteuil au cuir aussi craquelé que lui, va se délecter d'un film de René Clair, Carné ou Clouzot. Sa vieille Philips est destinée à cet usage unique. Pour le reste, le Vieux refuse de regarder les chaînes, refuse les infos de ce monde, refuse de voir la moindre publicité, la météo, le loto et toutes les « âneries de notre temps ». Comme d'habitude, gaullien, il laissera tout cela aux « veaux ». Puis il ira se coucher, un livre choisi au hasard sous le bras. Guidé par une ampoule unique laissée allumée à l'étage de sa maison bohème, il délaissera jusqu'au lendemain le désordre du grand salon pour gravir l'escalier d'un pas lourd. Embrassera sur le front chacune des photos de ma mère alignées dans le couloir. Fermera les volets de sa chambre. Puis son livre. Puis les yeux.

*

— Tu ne le changeras pas, me dit Leïla, fataliste.

— Je sais. Mais quand même. Parfois il m'inquiète à rester comme ça dans sa bulle.

En fait de boîte de conserve, nous nous sommes retrouvés dans un petit resto dont parlent en bien

À nous Paris et le *Figaroscope* de cette semaine. Un nom régressif – *Le Miam-Miam* –, des carreaux de ciment au sol, une peinture prune à l'éponge, des tables *vintage* dégotées aux Puces, des chaises dépareillées grattées au couteau, un couple jeune qui officie – lui aux fourneaux, elle au service –, et des plats sur l'ardoise qu'on nous promet « canaille » malgré des libellés volontairement bizarroïdes : c'est le genre de « bistronomique » que les bobos chérissent.

Après un coup d'œil circulaire, Leïla embraye sur notre sujet de discorde favori.

— S'il est heureux comme ça, après tout ?

— Il ne peut pas se couper de tout ce qui l'entoure, quand même… de nous, par exemple.

— De nous ? Tu lui as parlé de nous ?

— Oui, je te l'ai déjà dit… plusieurs fois.

— Et on va le voir bientôt ?

— Pas encore…

— Ça m'étonnait, aussi.

— Leïla, arrête. Tu sais bien que ce n'est pas évident.

— Pas évident pour toi, ça, je veux bien le croire.

Voilà bientôt deux ans que nous sommes ensemble, Leïla et moi, et je n'ai jamais osé la présenter au Vieux. En bonne Franco-Marocaine qui a le sang chaud, elle prend assez mal la chose. À présent, je vois ses yeux noirs et ardents parcourir la carte pour faire diversion, tandis que ses jambes, longues et athlétiques (un peu maigres à mon goût), cherchent leur place sous la table et bousculent les miennes par la même occasion. Ses bijoux tintent brusquement à chacun de ses gestes, les boutons de sa veste jettent de minuscules éclairs, sa gorge palpite fort. Bref, tout concourt, dans sa mise et sa personne, à exprimer son exaspération. Leïla est entière et, de fait, je ne l'aime pas qu'à moitié. Sans doute parce qu'elle est belle et qu'elle me secoue à sa façon, comme on agite un tambourin, pour donner du rythme à la vie et se bercer de rêves d'avenir.

Un serveur arrive. Il a les tempes rasées, les cheveux collés en crête de réglisse dure, un derrière moulé dont il semble assez fier et un pantalon slim qui tombe sur des chaussures en forme de hors-bord.

— Vous avez choisi ?

— Presque... Qu'est-ce que c'est, au juste, un *shampoing de chèvre à l'italienne* ?

— Une émulsion de fromage de chèvre et de tomate dans sa verrine, monsieur, avec sa mousse de gorgonzola et son biscuit au jus de truffe du Piémont.

— Ah oui, quand même.

Je sens le crayon s'impatienter légèrement au-dessus du bloc-notes. Comme les vendeurs de chez Ralph Lauren, le drôle doit considérer que son travail n'est pas digne de sa condition. Son orgueil impatient lui tient lieu de conscience de classe.

— Et la *cassolette insolente façon maison* ?

— Du bœuf.

Je n'ose pas lui dire que j'ai un vrai problème avec le mot « cassolette ». C'est comme « poêlon », « chabichou », « chamoisine » et « suave » : je ne peux pas. Faute de lui avouer mon allergie, je creuse le sujet.

— Du bœuf, mais encore ?

— Du bœuf en sauce. Un peu bourguignon. Vous voyez ?

— Oh oui, très bien, merveilleusement bien (je ne suis pas demeuré). Et qu'est-ce qu'elle a d'insolent ?

— Le chef a ajouté une pointe de paprika.

— Nom de Dieu, ça va loin.

— Je vais prendre ça, déclare Leïla par commodité.

— Pareil, dis-je par flemme.

— Avec deux shampoings ?

Je cherche l'assentiment de ma commensale.

— C'est ça.

— Et comme boisson ? En vin du jour, nous avons un très bon anjou bio.

— Pourquoi pas… et sinon, en bordeaux, qu'est-ce que vous avez ?

Panique.

— Je vous amène la carte.

— Laissez tomber. Anjou, c'est très bien.

Il part en ondulant, soulagé. Leïla, à qui mon agacement n'a pas échappé, persifle :

— Anjou… feu !

— Ça se voyait tant que ça ?

— Un peu.

Elle pose sa longue main sur la mienne. Ses ongles rouges sont un peu trop rouges, mais je me garde bien de gâcher cet armistice miraculeux. Le garçon revient par-derrière. Soudain cérémonieux, il brandit la bouteille, un doigt enfoncé dans son cul et l'autre encerclant son goulot, le tout en une gestuelle qui semble lui être familière. L'étiquette ne me dit rien et, en juste retour, je préfère ne pas me prononcer, me contentant de tendre mon verre, de goûter le breuvage, de donner mon accord.

Notre divin serveur s'apprête à aller remplir d'autres verres et d'autres missions. Contre toute attente, Leïla l'arrête net.

— Excusez-moi... Avant, on va prendre deux coupes de champagne.

— Très bien.

Je regarde Leïla, interloqué.

— On fête quelque chose ?

— Ben oui ! Ma prochaine rencontre avec le Vieux !

— Holà, comme tu y vas...

Monsieur Réglisse dure revient aussi sec, avec deux flûtes posées sur un plateau.

— Et voici.

— Merci.

Leïla me regarde bizarrement et je n'aime pas trop ça. Nous trinquons, les yeux dans les yeux.

— Tu ne devines pas ?

— Non...

— Je suis enceinte, Jean.

— Hein ?

— Je suis enceinte.

Je m'interromps avant de lui faire répéter une troisième fois. Mon sang se glace.

— Mais... de moi ?

— Non, d'Enrico Macias. T'es con ou quoi ? s'exclame-t-elle en riant.

— Tu es sûre ? Je veux dire, d'attendre un enfant ?

— Oh que oui. Sûre de sûre !

Je finis ma flûte et attaque l'anjou, qui devient illico mon meilleur ami sur terre. Comment font les autres hommes pour avoir l'air heureux dans ces cas-là ? Un enfant, oui, c'est formidable, mais ça change tout, tellement tout ! Une fois encore, je n'ai pas la bonne réaction.

— C'est dingue !

— Tu es heureux ?

— Mais oui ! Mais c'est fou ! Excuse-moi, mais là... Enfin, je ne sais pas quoi dire.

En fait, j'ai peur de surjouer le type ému qui bafouille de joie. Pour un peu, je ressemblerais à ces actrices américaines qui miaulent « *Amazing... !* » ou « *Greeeat !* » sur des tonalités hystériques, la bouche et les yeux ronds comme un trou de bagel. Elle n'est pas dupe.

— Sûr... sûr ? Ça va aller ?

— Oui, génial ! Et au fait, euh... non, bien sûr on ne connaît pas le sexe, pas encore.

— Jean, je suis enceinte de six semaines.

Je me tasse sur ma chaise, je bois deux gorgées, je me redresse, j'en rajoute, je botte en touche.

— Et tes reportages ? Comment tu vas t'organiser pour tes reportages ?

— Il y a de très belles photos à faire à trois minutes d'ici. Je ferai du reportage urbain, ça me changera du bush et des déserts.

J'ai beau chercher, je n'ai plus d'arguments en munitions. Reste la fausse exaltation émue.

— Quand je pense que je vais être papa, mais c'est fou ! Je ne réalise pas, là ! dis-je avec la certitude que tout cela sonne creux.

— Eh oui, mon pote, ça y est ! Papa... ça calme, hein ?

— Ah ça, oui.

Elle rigole, se lève pour aller aux toilettes. Je reste totalement prostré, l'œil fixé sur mon assiette. On en avait parlé, évidemment... Bien sûr, j'étais d'accord... Mais quand la nouvelle tombe... qu'il est là, dans le ventre... D'ailleurs, fille ou garçon ? Future ado ou futur ado ? Soudain, surgit en moi l'image d'une midinette fardée qui me claque la porte au nez en hurlant que je ne comprends rien, que je suis qu'un « ieuv », qu'elle en a marre de cette société de merde et que ça craint, putain... La seconde d'après, son double au masculin m'apparaît sous les traits d'un grand con en scooter, avec bouton au coin du nez et rire crétin obligatoire... Et tout ça, c'est là, au chaud, ça grandit ! C'est déjà immense, vorace, insolent, emmerdant, attendrissant, exaspérant, cancre, inculte, prétentieux, bruyant la nuit ! Et il faudrait que je sois le type le plus heureux du monde ? Désolé, je n'y arrive pas. Quelle merveille, cet anjou ! Leïla arrive en même temps que les deux shampoings et se sert un verre d'eau.

— Tu sais, je n'ai pas trop le droit... déclare-t-elle en poussant son vin vers moi.

À défaut d'être musulmane rigoriste, elle est femme enceinte pratiquante.

— Tu as raison, approuvé-je en le vidant instantanément.

— Tu vois ? Quand je te disais que j'allais rencontrer ton père…

Le Vieux. Je l'avais oublié, celui-là.

— Je vois déjà sa tête, dis-je dans un murmure.

Bien malin celui qui peut déceler dans ces mots l'océan d'inquiétude qu'ils recèlent. Mon Dieu ! Le Vieux et son avis sur tout ! Le Vieux et sa phobie de tout ce qui change, de tout ce qui évolue, et Leïla qui est métisse, et cet enfant sans mariage… Au secours ! Leïla me ramène sur terre.

— C'est pas mauvais, hein ?

— Hmm.

De fait, les entrées sont parfaites, aussi délicieuses que leur intitulé est ridicule. Quant aux cassolettes, si elles n'ont rien, mais alors vraiment rien d'insolent, elles sont plutôt réussies. Surtout arrosées d'anjou. Du reste, la bouteille est vide. Pas le ventre de Leïla : entre le chèvre et le bœuf, bien rangé, s'y tient un petit être recroquevillé et menaçant, quasiment prêt à bondir pour m'enlever le pain de la bouche et éloigner de la mienne celle de Leïla, pourtant rose et ourlée à croquer. Au revoir matins câlins, dîners en tête à tête, promenades insouciantes, projets imprévus, week-ends peinards… Bonjour biberons nocturnes, Guigoz à bonne température, popos couleur épinard et petits pots à la carotte. J'ai envie d'elle. Mais d'un petit coup d'anjou d'abord.

— Vous servez des vins au verre ?

— Oui, mais pas celui-ci, répond Réglisse dure.

— L'équivalent, alors.

Re-panique.

— Je vous amène la carte.

— Laissez tomber. L'addition, s'il vous plaît. Avec la machine.

Pourquoi insister ? Il ne connaît pas plus le vin que la langue : « amener » se rapporte aux humains, « apporter » aux objets. On apporte une carte, on ne l'amène pas. Holà, j'ai un peu bu, moi. Dommage, il était bon cet anjou. Leïla ne serait pas là, j'aurais commandé une autre bouteille. Mais Leïla est là, avec l'enfant, et ils me surveillent. Elle, avec ce regard dur et intransigeant qu'elle peut avoir parfois. Et lui, par le nombril où, déjà, il a dû pratiquer un trou en guise de judas.

2

À voir Astrid agiter lentement ses membres, fixer ses interlocuteurs de ses yeux hypnotiques, les enrouler et étouffer dans l'œuf la moindre velléité contestataire, je me dis : en fait, on ne peut pas en vouloir à un serpent d'être un serpent. Il *est* serpent, voilà tout, de la tête à la queue. Il n'y a aucun jugement de valeur à avoir à son sujet, que ce soit en bien ou en mal. Après tout, un serpent n'a pas demandé à être serpent. Qui sait s'il n'aurait pas préféré, je ne sais pas moi, être né koala ou panda, adorable et télégénique. Simplement, lui, il est né serpent, il mourra serpent, c'est la nature qui a voulu ça, pas lui, et s'il lui prend l'envie de vous avaler tout cru, de planter ses crocs dans votre main ou de vous aveugler à vie, vous ne pourrez en vouloir qu'à vous-même. C'est ce qui rend l'animal sinon attirant, du moins fascinant.

La réunion a commencé depuis une heure et je me mets à détailler le comportement d'Astrid avec la perplexité d'un gamin visitant le vivarium du Jardin des plantes. Nos propositions de campagne pour Volvic sont éparpillées sur la table basse de son bureau. Des *mood boards* (le Vieux aimerait ce terme), des accroches, des visuels, des axes, des pistes, des déclinaisons pour des affiches 4 × 3, des annonces presse, des animations magasin, des essais de typo.

À mes côtés, autour de ce fatras de feuilles A3 encore chaudes de leur passage dans la photocopieuse, est réunie toute l'équipe dédiée à cette campagne « proactive » – un enjeu « hyper-important », a-t-on insisté en haut lieu. J'ai nommé Chloé, la directrice artistique avec laquelle je bosse en *team* (ça, c'est encore pour le Vieux), Amélie, graphiste, Sandrine, directrice conseil, assistée d'Aude, directrice de clientèle, elle-même assistée d'Ariane, chef de projet. Sans oublier une poignée de stagiaires terrorisés. Tous, nous attendons la réaction de la Bête. Celle-ci, assise sur un pouf Cinna, se tient penchée, les coudes posés sur les genoux. On pourrait entendre le tic-tac des montres si elles n'étaient pas électroniques. Midi moins dix sur les avant-bras moites, un soleil de plomb, des ronds de sueur froide sous les aisselles brûlantes, de quoi attraper un rhume sous la ventilation.

Astrid reste un long moment à scruter les créations. Puis elle soulève le coin d'une feuille comme on soulève la queue d'une daurade suspectée de dater de l'avant-veille. C'est alors que sa mâchoire s'avance légèrement, laissant apercevoir une rangée de petites dents derrière la lèvre inférieure. Le sourire du crotale. Très mauvais signe.

— C'est tout ce que vous avez ?

Sandrine se lance la première. Son coach en management a dû lui conseiller d'affirmer son autorité.

— Tu sais, pour le moment, ce sont des pistes et…

— Des pistes, des pistes… On n'est pas dans une station de ski, on est dans une agence de pub. Et là, je ne vois rien de publicitaire, rien d'impactant. En fait, je ne vois rien.

— Je veux dire par là qu'on n'a pas eu beaucoup de temps.

— Le temps, c'est pas comme les clients, ça se trouve facilement.

Je regarde autour de moi. Chacun, les yeux cernés par deux nuits blanches de travail sous les néons, est plongé dans la contemplation de ses chaussures comme s'il les voyait pour la première fois. Devant tant de résignation, je décide d'endosser ma défroque de dompteur. Il ne manque plus que la moustache, les bottes, le fouet, la raie au milieu et la veste rouge à brandebourgs.

— Moi, je trouve qu'il y a quelque chose d'intéressant dans le quatrième axe, dis-je en refermant derrière moi la porte d'une cage invisible. Avant d'ajouter : C'est à creuser, c'est sûr, mais bon…

Cette fois, je suis seul face au monstre. Astrid tend le cou, lève vers moi des yeux froids et persifle :

— On est déjà au fond du trou. Pas besoin de creuser plus. Plus, ce serait du vice.

Je regarde les montres de ceux qui continuent à se demander pourquoi il n'y a pas de lacets à leurs mocassins. Midi moins huit. Deux minutes seulement se sont écoulées depuis le début du face-à-face et elles m'ont paru durer deux heures. Je sens une goutte tomber directement de mon aisselle sur mon flanc, légèrement renflé au-dessus de la ceinture. Puis je tente le tout pour le tout.

— Il nous reste trois jours. On ne va pas se noyer dans un verre de Volvic, quand même…

Astrid braque sur moi deux prunelles de tueuse. Sa mâchoire inférieure vient de prendre un mouvement latéral qui n'augure rien de joyeux. J'ai du mal à soutenir son regard, mais je tiens bon. Elle monte d'un ton.

— Ça, c'est très amusant, Jean. D'abord, il ne reste que deux jours, parce que tout doit être intégré dans la *reco* sur PowerPoint vingt-quatre heures avant la présentation, pour que les commerciaux puissent répéter. Ensuite, qu'est-ce que tu proposes ?

— Je propose de réexaminer les créas. Les pistes « Nouvelle Fraîche » et « Puisez en vous » sont pile dans le *brief*.

— Ah bon ? Moi, j'y comprends rien. Vous comprenez quoi, vous ?

Une légère rumeur faite de borborygmes et de toussotements répond à son regard circulaire. Cette fois, c'est Aude qui s'y colle pour sortir de la tranchée sous la mitraille.

— Ben, on est quand même dans les ajouts de minéraux avec une dimension un peu zen, tu vois, genre introspection… On a une cible féminine urbaine et…

Cette pauvre Aude est obligée de stopper net son plaidoyer pour la simple et bonne raison que son interlocutrice est en train de pianoter nerveusement sur les touches de son BlackBerry. Mais Aude s'accroche, le rouge aux joues, le bégaiement aux lèvres :

— Oui, donc, Astrid, ce que je te disais, c'est qu'on… c'est qu'on…

L'autre, trop contente, se rue dans la brèche.

— C'est con ?… Ça pour être con, c'est con, je te le confirme.

Et chacun de constater qu'un sourire au scalpel lui fend la poire, alors que c'est l'atmosphère de ce bureau qui est à couper au couteau.

Aude s'obstine.

— En fait, on ne peut pas raisonner de façon segmentée, et en plus…

— Allô ?

Trop tard. Astrid vient de se lever, se foutant éperdument des arguments avancés par Aude, lesquels jonchent le sol en petits morceaux de voix brisée. Sa Majesté trône à présent derrière son bureau sous les yeux de l'assemblée médusée.

— Oui, Marc, c'est Astrid. Tu me ferais un *free* urgent, là, avec ta DA préférée ? Émeline, c'est ça… Ben oui, écoute… Pour après-demain matin, je te briefe tout à l'heure. On est sur un gros truc, là, et j'ai rien. OK, je t'en parle au déjeuner. 13 heures à l'agence. Ça marche, bises.

Elle raccroche et se jette en arrière, faisant ployer, dans un « pssshhht » directorial, le haut dossier de son fauteuil de cuir noir. Puis elle plonge le visage dans ses mains en soupirant un long, très long « putain ». Après quoi, elle se redresse, referme, consternée, son ordinateur portable, pose les coudes sur son bureau en verre – à son image, froid et anguleux – avant de nous considérer un à un, le menton appuyé sur ses mains croisées.

— Trouvez-moi d'autres trucs. On va essayer de s'en sortir avec Marc et Émeline. Au moins, on aura quelque chose à présenter.

Astrid boit jusqu'à la lie le verre d'eau dans lequel, de fait, elle nous a tous noyés – minables têtards que nous sommes. La séance est levée. Elle aussi, déjà, partie d'un pas mussolinien vers la machine à café. Quand je passe dans le couloir avec le reste de l'équipe, nous l'entendons pester contre cette « enculée de machine qui ne rend pas la monnaie ». Le coup de pied qu'elle lui assène nous est clairement destiné. Il résonne longtemps dans le vide de nos têtes.

Je rejoins mon bureau. Tout est en place, comme d'habitude. Rien ne va bouger avant un bon moment. Le train-train a toujours le dessus. Il m'écrase. Il m'accable. Il y a même des jours où je ne retrouve plus ma voiture dans le parking, car je confonds son emplacement avec celui de la veille.

Chloé se mouche très fort derrière son ordinateur. Elle me fait croire à une allergie, tu parles. Je vais lui chercher un verre d'eau et un café. J'appuie sur la touche « court sans sucre ». Je rêverais que la machine, pour changer, pour rigoler, verse dans mon gobelet du jus de goyave, du lait de coco, de l'encre de seiche ou de la soupe au pistou. Mais non, ces choses-là n'arrivent jamais et, de toute façon, Chloé a envie d'un café court sans sucre. La vie est bien faite, finalement.

*

À l'École des femmes chère à Molière, Astrid est sans doute sortie majore de la promotion « Machines de guerre » (nées entre 1975 et 1985), catégorie urbaine CSP+++, comme on dit dans notre beau jargon. Une génération de trentenaires redoutables, complètement autonomes professionnellement, financièrement et, *oh my God!*, sexuellement. Des escouades de jeunes femmes qui jouent de leur féminité avec d'autant moins de complexes qu'elles se prévalent pour cela des acquis du féminisme. Et dans ce combat qu'elles disent « de bonne guerre », rien ne vaut un décolleté pour venger des bataillons de grands-mères dominées.

Malhonnête parce que désespérément prévisible, l'arsenal de cette séduction ? Allons donc ! Les nouvelles ambitieuses n'agissent qu'à leur corps défendant – et quel corps, mazette ! Massé, crémé aux algues marines, magnifié par des dessous Darjeeling à faire mettre à genoux n'importe quel « Important ». « Il faut bien qu'on ait quelques avantages, non ? », vous diront-elles avec un sourire… faussement ingénu, mais vraiment désarmant.

Autrement dit, chez ces femmes-là, monsieur, le sourire, les nibards et le cul sont bien présents, ça pour rouler ça roule et elles n'en sont pas dupes, mais pour le reste, que personne ne s'y trompe : ce sont des mecs, des vrais. Mieux vaut ne pas se fier à leur Fiat 500 rose, à leurs salades diététiques de chez Cojean ou à leur passion des horoscopes placés sous le signe de la recherche du prince charmant. Quand Astrid m'a apostrophé lors de cette fameuse réunion Volvic, épaules en avant, jambes écartées et œil belliqueux, ce n'était pas une nana bien roulée qui me parlait, mais un mec déguisé dont j'ai cru un moment qu'il allait se lever pour me foutre un coup de boule. Et l'on s'étonne que les hommes, munis de leur pistolet ridicule, ne pensent qu'à tirer leur cartouche avant de partir, affolés!

Vers 13 heures, je traverse les bureaux désertés par les gentils salariés partis chercher en terrasse un semblant d'existence glamour, les yeux plongés dans un croque-madame à vingt-deux euros. Puis, profitant de cette solitude salutaire, je me campe devant le miroir des toilettes, me contemple longuement et me dis : « Si Astrid est un serpent fait femme, s'il y a là-dedans quelque chose d'accompli, de parfait qui force presque le respect, tellement ce quelque chose est tangible, inaltérable, *plein,* tu es quoi, toi, hein? Tu es qui? »

— Un pisse-froid, me répondra plus tard au téléphone le Vieux, à qui j'ai eu le malheur de raconter mes déboires professionnels. Rien qu'un pisse-froid!

Sous le coup, je me renverse dans mon siège, qui ne fait pas « pssshhht » du tout.

— Merci, papa, ça me remonte bien le moral, ce que tu me dis.

— Le mot est fort, pardonne-moi, fiston. Mais avoue que c'est un peu vrai. Pourquoi tu ne lui voles pas dans les plumes, à cette dinde ?

— Tu rigoles ou quoi ? Il y a beaucoup de monde qui louche sur ma place. Et dehors, il fait froid.

— Et toi, tu es comme les gens du métro : tu sauves ton crédit, ton appartement, ton train de vie...

— Si tu veux. En même temps, c'est facile de dire ça quand on a connu les Trente Glorieuses, le plein-emploi et le bonheur pour tous.

— N'empêche qu'avec ton raisonnement, plus personne n'ose agir. Tout le monde est accroché à sa petite vie comme une moule à son rocher. Et certains en profitent.

— Je ne te le fais pas dire. Mais ça ne fait pas de moi un pisse-froid pour autant.

Le Vieux se racle la gorge, signe d'une contre-attaque imminente.

— Métier de salauds, aussi.

— Je sais ce que tu penses de mon métier.

— Je n'ai pas raison ? Tu ne m'as pas dit un jour que tu travaillais sur un alcool pour les jeunes et, en même temps, sur une campagne pour la sécurité routière ?

— Ça m'est arrivé, oui.

— Donc d'un côté tu dis aux mômes « Bourrez-vous la gueule » et de l'autre « Faites gaffe en conduisant ! »

— Tu caricatures.

— Tu sais quoi ? Ta réclame, c'est vraiment une gagneuse de Barbès qui monte avec n'importe qui, du moment qu'il y a du fric à se faire. Sans foi ni loi. Sans discernement.

— Ça s'appelle de la publicité, papa.

— Je sais. Et je sais qu'à cause d'elle on bouffe et on consomme toujours plus, et jusqu'à quand, comme ça ? Jusqu'à ce que les mers dégueulent des déchets comme les poubelles pendant une grève des éboueurs ? C'était pour quoi, ce coup-ci, ton boulot ?

— Pour de l'eau. Volvic.

— De l'eau, de l'eau… Y a qu'à en filer à ceux qui en ont besoin au lieu de la foutre dans du plastique.

— Tu simplifies tout… C'est plus compliqué.

— Tu as raison. Tout est plus compliqué, c'est bien ce qui me met en rage. À force de compliquer, on va crever sous les bouteilles vides, en plein soleil, avec sept milliards de cons désaltérés dans les embouteillages, parce que entre-temps, bien sûr, tout le monde aura eu droit à sa bagnole.

— Tu es gai, aujourd'hui.

— Comme un pinson. Mais un pinson découragé, surtout par ceux qui subissent sans réagir.

— Papa, excuse-moi mais tu me fatigues. Je me défends, figure-toi. Je m'informe.

— Tu t'informes ? Et sur tes droits, tu t'es renseigné ?

— Je ne comprends pas…

— Je ne sais pas, moi, vous n'avez pas un représentant du personnel ? ou un délégué syndical ?

— C'est du copinage, tout ça, pas question que je mette un pied là-dedans. Et tu sais bien que la politique, c'est pas trop mon truc.

— C'est bien ce que je dis ! Pas d'option franche, pas de politique, pas de parti, pas de parti pris. Qu'est-ce que tu veux que je te dise ? Tu as quarante-deux ans et tu ne t'engages dans rien ! Rien ! Même pas dans une vie amoureuse ! Si ce n'est pas de la tiédeur...

— Si.

— Comment ça, si ?

— Si, dans ma vie amoureuse, je m'engage.

— Ah bon ? Et à qui ai-je l'honneur ?

— Leïla. Je t'ai parlé d'elle dix fois.

— Et alors ? Vous allez vous marier ?

— Non, ce n'est pas au programme. Enfin, pas encore.

— Encore une velléité.

— Papa, arrête ! Tu crois que c'est facile, aujourd'hui ?

— Et tu crois que c'était facile avant ? Seulement nous, que veux-tu, on y allait : on mettait un beau costume, on allait voir les parents, on se décidait, et c'était pour la vie, pour le meilleur et pour le pire. C'est ce que j'ai fait avec ta mère !

— Pour le pire, en effet.

— Et avant, pour le meilleur. Avec sa petite robe à bretelles, elle ressemblait à...

— Pascale Petit dans *Les Tricheurs*, je sais.

— Même petite robe à col rond, mêmes yeux de biche, même petite frange en biais...

— La plus jolie fleuriste du 14e arrondissement. Et toi, tu avais un faux air de Jacques Charrier, alors ça tombait bien.

— Je te l'ai trop raconté…

— Non, jamais assez, papa. Mais bon, c'était une autre époque.

À l'autre bout de la ligne, un soupir fait le bruit d'un coup de vent.

— Je ne suis pas un dinosaure mais, oui, c'était différent. Vous, vous êtes là, tout le temps, à tourner autour du pot. Vous hésitez à séduire, à embrasser, à vous déclarer… Merde, lancez-vous à la fin !

— Tu me vouvoies, maintenant ? Je sais très bien que tu parles pour moi.

— Jean, les femmes peuvent pardonner bien des défauts, et même des échecs. Mais il y a une chose qu'elles ne supportent pas, c'est l'hésitation. Les atermoiements. La faiblesse. Le côté « J'y vais, j'y vais pas ». Une femme, on la prend par la taille, franchement, avec sa pogne, on la regarde, on se lance, basta. Si elle refuse, elle refuse. Mais au moins, elle te respecte.

— Je suis perdu, là. Qu'est-ce que tu veux me dire ?

— Qu'il faut que tu te décides avec…

— Justement, ça tombe bien, il faut qu'on en parle. Mais pas au téléphone. Je te rappelle très vite pour passer te voir à Garches.

— Je peux venir, moi. La Lionne n'a pas peur de Paris, tu sais.

— Je sais, mais on sera plus tranquilles là-bas, vraiment.

Il me fait rire, le Vieux. De son temps, tout était plus net, on était pour, on était contre, avec ou sans Dieu, avec ou sans maître, on était soldat ou déserteur, d'un côté ou de l'autre d'un rideau de fer bien commode finalement. Aujourd'hui, tout se dilue et tout s'agrège dans une pâte uniforme qui nous colle à la peau. On nous a appris à avoir peur, à suivre, à nous montrer consensuel. Le monde est une ampoule suspendue dans le noir, avec sept milliards de mouches posées dessus. Demande-t-on à une mouche si elle est pour ou contre l'ampoule qui l'attire ? Non. Elle s'accroche et attend de mourir au contact de ce qui est, malgré tout, chaud et lumineux.

3

Ici, le temps s'est arrêté. Pousser le portail du jardin, c'est ouvrir la première page d'un livre de photos en noir et blanc. Tout vous conforte aussitôt dans cette première impression : ce mois de mai finissant, qui jette des ombres tout en contraste sur le mur. Le vélo, un Peugeot à selle de cuir et à sacoches, appuyé contre un arbre.

En montant les quelques marches, j'entends une voix pointue, piquée de grésillements, lestée d'un accent parigot à couper au couteau : le Vieux se repasse *Touchez pas au grisbi*, dont il connaît chaque réplique. Les femmes y sont des « jolies mômes », les voitures des « charrettes » et les clopes des « sèche*s* ». Ce qui n'est ni sensass, ni bath, ni épatant, c'est que je vais le déranger en pleine séquence de nostalgie.

— Papa ? C'est moi.

— Entre donc, mon fils, c'est ouvert.

La porte frotte sur les vieilles dalles usées. Ça sent toujours le salpêtre, l'encaustique, l'humidité… Un lave-linge né en même temps que moi tourne dans l'arrière-cuisine. Le Vieux est là, il me serre dans ses bras.

— Alors, Gabin trouve la petite Jeanne Moreau à son goût ?

— On peut le comprendre.

— Excuse-moi, je t'ai interrompu dans ton film.

— J'ai mis sur « pause », je reprendrai une autre fois. C'est formidable, ce système.

— Je rêve ou tu es en train de faire l'éloge de la technologie moderne ?

— Je te rappelle qu'au regard de notre… enfin, de *votre* course au progrès, le DVD est déjà relégué au rang d'antiquité. J'ajoute qu'il faut bien une exception à la règle. Quand je sors la Lionne, je suis bien obligé de la désaltérer avec du carburant issu de cuves modernes. Eh bien, là, c'est pareil. Assieds-toi. Un scotch ?

— Un scotch à cette heure-ci ? Papa, dis-je en optant pour le canapé, je ne suis pas un tenancier de boîte de nuit et je ne suis pas Ventura. Une petite bière, si tu as, ce serait parfait.

Il a une moue de léger dégoût et se dirige vers la cuisine d'un pas lent. Les bouteilles tintent. La porte du General Electric claque sourdement, on jurerait le capot d'une Buick de gangsters. Le Vieux s'enfonce dans son fauteuil club et m'observe.

— Tu ne remarques rien ?

Pris au dépourvu, je promène mon regard autour de moi, cherchant un écran plat ou une Livebox. En vain. Mes yeux ne rencontrent que les rangées de livres présents depuis Mathusalem, l'antique télévision Philips toujours à la même place, l'électrophone Telefunken de la même génération, un transistor Radiola, des piles de *Jours de France*, de *Paris Match*. Martine Carol, Brigitte Bardot, Jean Marais. Tout en moi dit mon impuissance à répondre.

— Mais les photos, enfin ! s'impatiente le Vieux. Gina, je l'ai intervertie avec Sophia. Maintenant, elles se regardent. Presque gentiment. Pour un peu, on pourrait penser qu'elles ne sont pas rivales.

Aux yeux du Vieux, les femmes ont tout simplement cessé d'exister depuis les « bombes anatomiques » des années 50 et 60, leurs sourires Palmolive brillant derrière le pare-brise d'une Alfa Romeo, leurs seins pointus comme des ogives de la guerre froide, leurs colliers de perles et leurs fesses roulant sous les yeux amusés d'héritiers argentins aux cheveux brillantinés s'essayant au mambo. Le monde s'est arrêté après Cannes dans ses premières éditions, ses palmiers, ses starlettes, ses photographes regardant à la verticale dans des Kodak gros comme des grille-pain, ses Riva Aquarama, ses armateurs grecs. La quintessence de la civilisation, pour lui, c'est une double page ouverte sur le mariage de Grace Kelly – « l'absolue perfection » –, sur fond d'avions à hélices aux rivets argentés et de coursives de transatlantiques. Après ces années-là, il n'y a plus eu de cinéma, d'actrices, d'artistes, d'écrivains, de voitures, de costumes, de bateaux, de design, de beauté, de paysages, d'humanité dignes de ce nom. Plus rien. Le monde a basculé dans l'irréversible vulgarité des loisirs de masse, de Guy Lux, des clips, du franglais, bref, des yéyés succédant aux cabarets de la Rive gauche. Encore ignore-t-il l'existence du rap et des émissions de téléréalité. Ne m'a-t-il pas déclaré tout récemment : « Un jour, tu vas voir, ils vont foutre des caméras dans une maison et filmer des crétins à ne rien faire » ? S'il savait. Je n'ose rien dire. Je n'ai jamais osé. Pour l'heure, je me risque à affirmer que c'est Sophia Loren la plus belle des deux.

— Tu es bien mon fils. Je trouve aussi.

Le Vieux a un sourire de midinette qui le rend vulnérable. Il se lisse la moustache. Ce n'est plus le premier mari de Bardot, c'est David Niven que j'ai devant moi. En moins mince et en un peu plus âgé. Je le sors de ses songes.

— Et maman ?

— Oui ? Quoi ?

— Elle a droit à ses photos, elle aussi ?

— Tu sais bien que oui. Dans le couloir de ma chambre. Les autres, je les ai déplacées. Elles sont là.

Le Vieux pousse distraitement la porte de son minuscule bureau, son antre, sa crypte, là où il sacrifie au culte du souvenir. Sur les murs, encadrée, ma mère est partout, en portrait, en pied, en vacances, en tenue de cocktail, changeant de coiffure et de style au gré des modes. Outre sa ressemblance certaine avec Pascale Petit, cette femme que je vois a perdu trop tôt le rôle qu'elle jouait dans ma vie.

— Elle est belle, dis-je devant l'évidence.

— C'est vrai, murmure le Vieux. Mais après ce cliché, je ne sais pas si elle a continué de l'être.

Joignant le geste à la parole, il me désigne d'un doigt dédaigneux une photo où ma mère pose dans une robe stricte, style Tudor – à n'en pas douter un costume de théâtre. Je passe outre à ce message que je ne reçois que trop bien.

— Tu aurais autre chose à boire ? Un verre d'eau, n'importe quoi… J'ai la gorge sèche.

— Moi aussi, répond-il, soudain sombre. Suis-moi.

Tandis qu'il me précède vers la cuisine – un bonheur de formica bleu pâle pour lequel j'en connais qui se damneraient du côté de South Pigalle –, le Vieux me lance avec une légèreté dont je ne suis pas dupe :

— Alors, quel bon vent t'amène ?

— Le vent de l'avenir !

— Holà… ça commence mal.

Sophia et Gina, aidez-moi, par pitié. Quittez vos sourires conquérants, éteignez vos yeux de braise, prenez-moi contre les bonnets à baleines de vos gaines géantes et venez à ma rescousse. Alors que le Vieux me tend un verre d'eau, je me lance.

— Tu vas être grand-père, papa.

— Quoi ?

— Tu vas être grand-père.

Le fauteuil était donc éjectable, le voilà debout. Trente ans de tennis au Racing, ça laisse des traces.

— Tu attends un bébé ?

— Pas moi, mais ma copine, oui… Ça, ça n'a pas encore changé.

La boutade ne le fait pas rire. Il est affolé, tourne en rond. Cela me donne le tournis. Il descend sa bière, déverrouille son meuble-bar dont le néon intérieur s'allume quand on ouvre la porte – sa grande fierté. Puis il prend un verre à pans coupés, va le remplir de glaçons à la cuisine, revient, remplit le verre d'une rasade de whisky – et les glaçons de crépiter tandis que le liquide ambré en épouse les formes translucides. Ce n'est plus David Niven, là, c'est Humphrey Bogart. Il se campe devant moi, un peu cambré, un coude plié, les doigts enveloppant son verre, mieux, s'y agrippant comme s'il s'agissait de la dernière barre à laquelle s'accrocher dans un métro qui va trop vite.

— Jean, vous n'allez pas faire ça ?

— Mais quoi ?

— Mais enfin, mettre un enfant au monde, je veux dire, dans ce monde-là ?

— Comment ça, dans ce monde-là ?

Il vide son verre d'un trait et craque littéralement.

— Comment ça, « comment ça »... enfin, tu as des yeux pour voir, quand même, non ? On a tout sali, Jean ! Tout ! On fout en l'air les gens, les animaux, la nature, c'est plus fort que nous ! On est incapables de donner à bouffer à tout le monde, incapables de préserver la beauté des choses, c'est comme ça ! C'est dans nos gènes ! Et pourtant, on n'a encore rien vu, tu sais aussi bien que moi ce qui se prépare, non ?! La montée des eaux, les terres englouties, les exodes de masse, ce n'est pas moi qui l'invente !... Ça a commencé ! Tous les scientifiques nous annoncent la chienlit ! Et c'est là-dedans que tu veux balancer ton gosse ? (Regardant les glaçons au fond de son verre vide)... dans ce monde fini... dans ce monde qui fond ?...

Son verre claque sur la table, à regret, marteau d'un commissaire-priseur obligé de brader une pièce inestimable. Je me retourne et le surprends. Je n'avais pas vu le Vieux pleurer depuis la mort de ma mère. Le tic-tac de l'horloge, inaudible jusque-là, résonne à présent comme un compte à rebours. C'est le moment que choisit mon portable pour envoyer sa chansonnette – sur l'air de « Tata Yoyo » d'Annie Cordy, une blague de pote impossible à déprogrammer pour un non-initié. Le temps que je me tortille dans le canapé, le Vieux en profite pour lancer sa flèche avec une moue d'écœurement :

— Insupportables portables…

Le visage de Leïla s'affiche sur l'écran.

— Oui, mon cœur.

— Je te dérange ?

— Je suis chez papa.

— Alors, je te dérange.

— Mais non. Tout va bien ?

— Oui, oui… Bon, tu lui as dit ?

— Bien sûr ! Il est fou de joie. Il nous félicite.

Devant moi, le Vieux se ressert une grande rasade de whisky, du brutal, un qui n'aurait pas déparé dans la cuisine des *Tontons Flingueurs*. Leïla respire. Je la sens soulagée.

— Super… Bon, tu l'embrasses, hein ?

— Promis.

— OK. Bisous, mon cœur. À ce soir.

— À ce soir.

Le Vieux toussote. Un ange passe, pas discret.

— Excuse-moi, c'était Leïla.

— Lola ? Comme dans *Lola Montès*, le film d'Ophüls ?

— Pas Lola : Leïla.

— Leïla ? C'est...

— Marocain.

— Ah.

Le Vieux boit une gorgée. Fait la grimace. Le whisky, sans doute. Un peu fort.

— Elle est française, tu sais. Comme toi et moi.

Le Vieux rit franchement.

— Bien sûr, bien sûr...

— Tu as l'air d'en douter.

— J'ai dit quelque chose ?

— Non, mais c'est pire, ça t'a fait rire.

— Elle est française comme toi et moi, oui, ça, ça me fait rire. Elle n'a pas de racines, au Maroc ? pas de culture ? pas de traditions ? pas de religion ?

— Elle est musulmane, mais pas pratiquante. C'est très rare qu'elle égorge un agneau dans sa baignoire.

— Jean, tu n'es pas obligé d'être ironique, tu sais.

— C'est toi qui m'y obliges.

— Ben voyons.

Silence gêné. Le Vieux en profite pour vider son verre, ce qui le rend plus disert que d'habitude. Quant à moi, je regarde ailleurs, jusqu'à tomber sur mon reflet dans l'armoire à glace du salon. Édifiant. Car qu'y vois-je ? Un bobo mal rasé, mollement assis sur ses convictions, toujours prompt à clamer ses idées devant sa cour de fidèles venus dîner à trottinette mais incapable de les défendre face à l'adversité. Pour le reste, la panoplie complète : cachemire en V sur un tee-shirt collector, jean taille basse et Adidas vintage en série limitée, lunettes sobres Hugo Boss pour faire statutaire sans faire bling-bling. Il ne manque que *Les Inrocks* dans la poche du caban. Un parfait trou du cul. Allez, petit Robespierre, ressaisis-toi ! Bois la bière du peuple et lance ton pavé dans la mare !

— C'est son prénom qui te gêne ? m'entends-je dire, comme dédoublé.

— Pas du tout. Il est ravissant. Et si mes souvenirs sont bons, elle aussi. Il est vrai que je ne l'ai vue qu'une fois, de loin.

— Et pour cause. Bon, c'est son pays, alors ?

— Tu es dingue ! Y a pas plus sublime que le Maroc. C'était mieux avant, mais…

— Eh oui, forcément. C'est sa religion ?

— Mais non. L'islam est une grande religion, tant qu'elle n'est pas dévoyée.

— Pas très original. Bon, alors ?

Le douze ans d'âge fait son effet.

— Alors je n'ai aucun problème avec Leïla, figure-toi. C'est simplement le symbole qui me gêne. Ou du moins, ce que ça peut impliquer à plus grande échelle et que je ne cautionne pas.

— À plus grande échelle ? Je ne comprends pas.

— Eh bien, moi, je me comprends.

Le Vieux s'impatiente.

— Enfin, Jean, quoi, depuis le temps, tu sais ce que j'en pense, non ? Moi aussi, je trouve ça très beau, un Noir et une Blanche ensemble. Une Marocaine et un bon petit Français. Un Inuit et un Papou, un Norvégien et une Pékinoise. C'est noble, c'est émouvant, c'est la tolérance... l'amour au-dessus des différences! Mais ce qui vaut pour un couple ne vaut pas à l'échelle de la société, voilà tout. Ce que surmonte un couple sans trop de dommages, une société ne le surmonte pas. C'est oublier la logique propre aux groupes, aux foules, aux communautés, et les violences qui vont avec. Surtout en période de crise...

Je dévisage mon père, stupéfait.

— Tu peux me regarder comme tu veux, poursuit-il, je le pense sincèrement! Enfin, quoi, ça te choque, ce que je dis?

— Mais de quoi tu parles? Surmonter quoi?

— Mais l'évidence! Les différences de cultures, de coutumes, de rites, de mentalités, de pratiques, de religions, tout! Que Leïla et toi arriviez à les conjuguer à votre échelle, en tant que couple bien disposé à cela, formidable, je n'en doute pas, et je le souhaite de tout mon cœur! Mais que nos sociétés y parviennent, ça, j'en doute fort! Là, on ne parle plus de petites disputes au sein d'un ménage. On parle de replis communautaires, de bagnoles qui brûlent et d'embuscades urbaines.

— Tu me parles de la bataille d'Alger ou quoi? Nostalgie, quand tu nous tiens...

— Arrête, Jean, on est sérieux.

— Mais sérieusement, papa, c'est l'avenir qui veut ça! L'évolution du monde! Et puis, entre nous, tu m'as l'air bien réactif pour quelqu'un qui vit reclus dans le passé.

— Eh, n'exagère pas ! Je ne suis pas un ermite dans sa montagne. Certes, Martha me fait mes courses, je fais venir mon médecin et même mon coiffeur chez moi. Mais de temps à autre, hélas, je suis bien forcé d'entrer en contact avec mes semblables. Quand je vais chez le dentiste, ou à l'hôpital, quand je pars en visite, ou quand je dois remplacer un vêtement usé jusqu'à la corde.

— Dommage que tu n'aies pas Internet, tu pourrais tout faire de chez toi !

— Ah oui ? Et respirer l'air pur, ou ce qu'il en reste, je peux le faire sur Internet ?

— Qu'importe, tu en as entendu parler !

— Évidemment, qu'est-ce que tu crois ? Quand je vais dans les magasins, il y a des télévisions partout ! Des écrans dans tous les coins ! Impossible d'y échapper ! Pas plus qu'à la musique, d'ailleurs… Enfin, musique… entendons-nous ! Des rythmes d'hommes de Cro-Magnon ponctués d'éructations haineuses. J'essaie d'éviter, mais quand mon regard croise ces images, excuse-moi, je suis bien obligé d'y voir ce que j'y vois : des chimpanzés en rut, le froc sous les fesses, le caleçon apparent, entourés de filles de joie qui remuent le cul.

Je prends le parti d'en rire.

— Pas mal quand même les filles de joie, non ?

— Franchement ? Même pas. Elles n'arrivent pas à la cheville…

— De Sophia et de Gina, je sais. N'empêche que tu regardes.

— On me force à regarder, nuance. On me force à écouter ou, du moins, à supporter. Là encore, est-ce que j'ai le choix ? Non. Alors j'essaie d'en voir le moins possible. Je fais comme la Lionne quand on traverse une zone commerciale pleine de panneaux publicitaires et de fast-foods : je poursuis mon chemin.

— Mets-lui des œillères autour des phares, comme aux chevaux de trait, dis-je en rigolant.

— Tu peux rigoler, mais il n'y a rien de drôle. C'est plutôt tragique, en fait.

Nouveau silence. Nouvelle gêne. Mes yeux s'égarent, croisent l'armoire à glace. Je jurerais que mon double, l'espace d'une seconde, regarde droit devant lui, ulcéré par mon manque de combativité, mon aptitude à composer, à capituler. Mais maintenant, il me fixe avec l'indulgence lasse des capitaines envers les éléments faibles, tout juste bons pour l'intendance. Une fois de plus, le second degré consensuel a été mon arme. Un pistolet à eau face à la lame d'un sabre qui, pour contestable qu'il soit, a le mérite de peser, d'exister, de trancher. De guerre lasse, le Vieux lance une dernière salve.

— On montre son cul, on a des anneaux dans le nez, on mange avec les doigts, on s'exprime par borborygmes, on se tape dessus au moindre désaccord, on se trémousse sur des rythmes binaires… Ça ne t'évoque rien ?

— Euh…

— Moi, si : l'âge des cavernes. Des siècles de civilisation pour en arriver là! Ce n'est pas triste, c'est effroyable.

— Tu exagères! Quand même! Le vivre-ensemble, c'est un beau rêve, dis-je en un ultime petit jet d'eau qui me donne l'illusion de me mouiller.

En guise de réponse, le Vieux se lève, prend un grand livre sur une étagère et le dépose sans un mot sur mes genoux serrés. Sur la couverture figure une photo en noir et blanc des *Deux Magots* à la fin des années 50. Jolies filles en robes à corolle rêvant de ressembler à Audrey Hepburn, twin-sets, chignons choucroute; fringants jeunes hommes cigarette au bec, pantalons fuseaux; serveurs en tablier, frondaisons printanières, nonchalance, joie de vivre, cabriolets Triumph, Juliette Gréco et *La Rose rouge* pas loin, policier hirondelle, en arrière-plan, sur son vélo.

Au-dessus de mon épaule, une voix brisée murmure :

— Tu vois, Jean, mon vivre-ensemble à moi, c'était ça.

Je n'ose rien dire.

— Des jeunes femmes qui n'étaient pas des saintes, mais pas des putains non plus. Des hommes élégants – tu as vu les tenues? Des voitures qui sentaient bon le cuir et la bakélite, les vacances et la Nationale 7. Des garçons de café, des vrais. Des flics respectés. Et une chaleur de printemps qui n'avait rien d'inquiétant, rien d'anormal, parce qu'elle n'augurait rien des catastrophes à venir... Tu comprends ?

— Je peux comprendre ta nostalgie. Mais je n'y adhère pas. Nous n'avons pas le même âge.

Il me sourit et pose une main sur ma nuque.

— Tu as raison, je deviens vieux. D'ailleurs, je commence à ne plus rien y voir, c'est peut-être pas plus mal.

— Tu as vu un ophtalmo ?

— Un type qui te regarde dans les yeux pour te prendre ton fric ? Même les femmes n'osent plus faire ça.

De mieux en mieux. Mais je ne suis pas surpris. Depuis qu'un ophtalmo-boucher de la rue du Laos lui a massacré la cornée pour la vie, mon père nourrit une haine tenace pour cette corporation pressée, qui garde toujours votre chéquier dans son champ de vision. Je change donc de sujet. De quoi faire exploser un miroir en morceaux.

— Tu m'as donné soif avec ta terrasse de café. Tu aurais une autre bière ?

— Bien sûr.

Pendant qu'il va chercher ma Carlsberg, je me laisse absorber par la torpeur du passé. Rien qu'un peu. J'ai l'impression que Pierre Desgraupes va apparaître à l'écran. Que Sagan va klaxonner dehors, coude appuyé sur la portière de sa Jaguar, pied nu sur l'accélérateur du temps. Que ma mère va revenir des courses à bicyclette, ses pneus crissant sur une chaussée non goudronnée.

— Merci.

— Elle est fraîche, elle. Pas comme moi.

Je souris. La paix est signée. J'en profite.

— Bon, tu es heureux, quand même ?

— De quoi ?

— Eh bien, du bébé.

Il se rembrunit, mais à peine.

— Je suis heureux pour vous. Je suis inquiet pour lui.

— Mais tu nous le garderas ?

— Plutôt mourir.

Il en va des derniers mots du Vieux comme de ceux que profèrent les enfants quand ils s'emballent un peu : ils dépassent leur pensée. Il prend une posture, c'est évident. Celle du fauve en cage qui, en donnant ses coups de griffes, croit aussi donner le change. Que répondre à cela ? Comment passer à autre chose, d'un air dégagé ? Quelle pirouette inventer, qui ne sonnerait pas faux ?

Mon père a l'air essoufflé. Un outsider dans un coin du ring, adossé aux cordes. Il sait qu'il a frappé fort. Mais pour lui, plutôt crever, en effet, que de renoncer. D'autant qu'il peut y aller, je ne suis pas au tapis. Nul arbitre n'annonce le KO. Au contraire. Aussi, quand il me voit debout, dressé devant lui, prêt à partir, confiant, je peux lire dans ses yeux comme une étrange fierté.

4

À la vérité, je ne suis pas le père de cet enfant. Le père de cet enfant est un type qui, un soir, il y a quelques mois, même s'il savait ce qu'il faisait, ne mesurait pas réellement ce qu'implique le fait d'attendre un enfant. Je ne connais pas ce monsieur. Je ne le connais plus. Il est passé, il est parti, laissant après l'amour, après la mue, sa peau froissée au sol comme un costume enlevé trop vite. L'enfant, lui, est resté. À présent, tout se joue entre lui et moi car, après tout, c'est moi qui vais l'avoir sur les bras.

Cet enfant, je vais l'adopter et, avant cela, en adopter l'idée. Je ne dis pas que je ne vais pas l'aimer. Ni que je ne vais pas en être fou, raide dingue, gaga, gâteux – ce qui est plus que probable. Je prétends que pour l'heure il n'existe à mes yeux que sous la forme d'une échographie qui ressemble comme deux gouttes d'eau à un bulletin météo. À savoir : tempête à l'horizon, bourrasques, bouleversements climatiques, fortes dépressions possibles, chutes de larmes et éclaircies. La douce atmosphère qui baigne ma vie d'une chaleur diffuse promet de connaître des perturbations. En bien, en mal, peu importe : des perturbations. Et ça m'angoisse. A-t-on quand même le droit d'avouer cela ?

À l'agence, Chloé a pleuré, m'a serré dans ses bras, un geste qui ne se fait pas entre collègues. Quant à Astrid, elle a lâché : « J'espère que tu vas enfin nous pondre un truc bien. » C'est désagréable, mais pas complètement faux : au fur et à mesure que la grossesse avance, je prends conscience du fait que, cette fois, ce n'est pas à une campagne de dentifrice que je vais donner naissance, mais à un enfant qui va m'alourdir sans que je le porte, me donner une consistance encore jamais éprouvée, un rôle précis sur terre. Oui, c'est cela que je réalise soudain. Et ce n'est pas sans conséquence pour un inconséquent.

Leïla ne travaille plus qu'à mi-temps dans la boutique bio de sa sœur. L'autre moitié du temps, elle dévore des fruits et des magazines féminins, se passe la main sur le ventre comme un buveur de bière, fait brûler des bâtons d'encens, papote sur Skype avec ses copines et engloutit par litres un thé vert drainant. Sa position fétiche n'est plus le lotus, mais l'avachissement zen, ordinateur portable ouvert sur ses cuisses. Il y a dans sa silhouette arrondie et dans le flou de ses vêtements – pantalon en stretch et pull en laine XXL – une sorte de résignation, et pis encore, de consentement ravi à l'état d'abandon. Tandis qu'elle est assise sur son lit, des oreillers dans le dos, je la regarde pianoter sur son MacBook, un mug fumant à ses côtés.

— Pas mal, ça, marmotte-t-elle entre deux gorgées.

— Hmm ?

— Trois pièces, soixante-quatre mètres carrés, lumineux, parquet, cheminée, très bon état, rue Didot.

— Combien ?

— Mille six cents, charges comprises.

— Ah quand même.

— Ce sont les prix.

— C'est obligatoire ?

— De vivre ensemble ? Obligatoire, je ne sais pas, mais recommandé, oui, quand on a un bébé.

— Non, mais je veux dire, dans ces délais ? On a le temps, quand même.

— Tu plaisantes ?

Comme elle buvait tout en parlant, sa voix a résonné au fond du mug, faisant perdre toute crédibilité à son propos. Elle reprend :

— J'espère que tu plaisantes, Jean. Le temps de trouver l'appart qui nous plaît, de déposer le dossier, d'être retenu, d'organiser le déménagement, le bébé sera là.

Là. Le bébé sera *là*, la la la lalère, on dirait une comptine. Je prends enfin conscience qu'il va falloir très vite se confronter à cette grande humiliation que constitue la recherche d'un appartement. Celle qui voit des petites commerciales pète-sec avoir droit de vie ou de mort sur vous, jauger votre solvabilité, juger de votre statut social. Un pouce en l'air ou vers le bas, à la César. « Alors, il nous faut vos dernières fiches de salaire, le certificat de l'employeur, vos feuilles d'impôts des trois dernières années. Il y a beaucoup de monde sur les rangs, vous savez, c'est un beau produit. Hou là, ça va être un peu juste, tout ça, vous avez des revenus annexes ? une caution, peut-être ? En plus, votre femme n'est pas en CDI… Ah, ce n'est pas votre femme ? Votre compagne… Alors, il me faudra un certificat de concubinage. Très bien, nous vous tenons au courant. » Et le demandeur de hurler en lui-même, longue complainte du non-possédant : « Pitié, madame, donnez-moi la permission, l'honneur, le privilège de verser chaque mois de l'argent à votre client, mon bien-aimé futur propriétaire : choisissez-moi pour cela, je vous en prie… »

L'enfant pouvant arriver d'un jour à l'autre, j'ai acheté une voiture. Je n'en voulais pas, mais il a bien fallu faire un crédit auto à 3,2 % sur soixante mois. Voilà comment je me suis retrouvé au volant d'une Renault Kangoo non désirée. Moi, je me voyais continuer toute ma vie à faire du roller, de la patinette et du Vélib' dans les rues de Paris, insouciant, enfantin, ma barbe de trois jours caressée par le vent. Mais non, il va falloir rouler dans le sens unique de la route, non pas pour partir à l'aventure, d'auberge en auberge, mais pour aller se promener au parc, et aussi à Ikea. Ikea dont Leïla est en train de compulser frénétiquement le catalogue, se pâmant devant les cabanes de lit, les tables à langer, les tapis ludiques et les mappemondes en mousse. J'en suis là de mon absolu détachement lorsque la sentence tombe.

— C'est mieux si on y va, quand même.

— Où ça ?

— À Ikea.

— Un samedi ?

— Oui, tu sais, les magasins sont souvent ouverts, le samedi.

— Mais tu as pensé au monde ?

— Il continuera à tourner, va.

— Je parlais des gens, de la foule.

— Merci, j'avais compris. Aucun humour, vraiment. Eh bien, oui, il y aura du monde, que veux-tu que je te dise ?

— On peut y aller un soir, ils font des nocturnes.

— Jean, je suis à sept mois et demi, je n'ai pas du tout envie d'être prise de court et encore moins de passer une soirée à Ikea, tu vois. Alors, on y va.

— Si tu le dis.

Nous voilà en route. En route pour nous construire un joli bonheur en kit. Pour meubler le living et la conversation, celle dans laquelle nous ne manquerons pas de faire état de notre sens de la déco. Bref, en route pour être épanouis, aussi sûr que le Folldal existe en trois coloris, que le Svelvik est modulable, que le Nyvoll possède deux tiroirs.

Je sais ce qui nous attend : marcher en cadence, comme à Disneyland ; déployer des doubles mètres en même temps que des trésors de créativité standard ; manger des boulettes, en faire également – trop grand, le placard à miroirs, trop rouge, le tapis en promo.

Je sais aussi que nous allons forcément nous disputer. Puis nous réconcilier sur l'oreiller – ou du moins, dans le rayon literie. Après quoi, nous finirons la journée repus de « ï » et de « ü », de projets avortés et de viande de renne, estomac plein, compte bancaire vide, le coffre de la Kangoo ouvert sur l'avenir. Leïla, ravie de s'être débarrassée d'une corvée qu'elle adore. Et moi, soulagé de ranger mon caddie, mais furieux de ma vie qui roule comme sur des roulettes.

— Merde ! Merde, merde et merde !

Sur l'autoroute de l'Ouest, à la sortie « Plaisir », ma frustration hargneuse, trop longtemps contenue, se libère soudain en une suite de jurons un rien misérables. Pas de quoi fouetter un chat, mais assez pour réveiller Leïla.

— Qu'est-ce qui te prend ? Ça va pas ?

— Excuse-moi. On arrive, de toute façon.

— Ce que tu peux être chiant par moments. Pour une fois qu'on fait un peu ce que je veux.

Le temps de voir défiler les clochers des nouvelles églises – McDo, Casto, Décathlon, Darty –, l'heure de l'arrivée sonne dans l'habitacle. Ikea, nous voilà. Faut jouer le jeu, acheter des objets et s'acheter une conduite, quitte à devenir le touriste de sa vie et à photographier sa bien-aimée en situation – ça tombe bien, avec vingt kilos de plus, elle est devenue un monument à visiter.

Et s'il n'y avait que cela ! À l'écouter parler, on a l'impression que ses défauts sont en train de grossir avec son ventre. À mesure qu'il gonfle sous son pull, ses névroses ressortent et se font jour. Plus elle s'arrondit, plus je crains que notre amour ne soit qu'une bulle, un leurre. Cet enfant qu'elle attend, moi, je l'attends au tournant. Déjà, il pèse sur ma vie autant qu'il alourdit sa mère.

— Bon, on y va ou quoi ?

Leïla s'impatiente. C'est normal, ça fait cinq minutes que j'ai le regard perdu dans la piscine à balles et les marmots qui nagent dedans. Les mamans les regardent, elles ont l'air détendues, j'en suis un peu rassuré. Résigné, je gravis les marches qui mènent au premier étage, non sans prendre au passage un grand sac jaune. Le chemin est tout tracé, il serpente parmi les stands, un jeu de l'oie grandeur nature.

Finalement, nous repartirons avec un lit et sa cabane-tunnel parsemée d'étoiles, une table à langer, des placards, des lampes-lunes, des poufs en mousse, le tout dans les tons bleus et jaunes. Ça ira si c'est un garçon. « Si c'est une fille aussi », tranche Leïla, qui poursuit : « Rien ne m'exaspère plus que les univers roses conçus pour les gamines. On les conditionne, manque plus que les mini-cuisinières et les mini-fers à repasser pour les préparer au rôle de ménagère de moins de cinquante ans. Relis Barthes et les *Mythologies*, ça n'a pas pris une ride. » Ce que l'ami Roland vient foutre chez Ikea, on l'ignore. De toute façon, ma chérie et moi sommes déjà en train de biper les articles, code-barre après code-barre. Bip bip, nous payons, bip bip, c'est sympa, bip bip, nous prenons un chariot, bip bip bip, nous allons tous mourir et bip bip, nous rentrons chez nous.

Chez nous.

J'ai stoppé la voiture rue de Plaisance, allumé mes feux de détresse pour faire patienter les impatients, le temps de vider le coffre. J'ai grimpé les étages chargé comme un baudet et rejoint ce trois pièces que nous allons bientôt quitter, du moins en principe. À présent, je détaille mon minuscule bureau sous toutes ses coutures, celui que j'occupais quand j'étais free-lance et qui nous sert maintenant de pièce à tout faire. C'est là que nous allons installer le bébé. Je dis bien « le » bébé, car rien n'est plus horrible que ces publicités qui parlent d'installer « bébé » ou de nourrir « bébé », comme s'il s'agissait d'un prénom, d'un titre, d'une fonction ou d'un statut social, avec plaque en marbre à l'entrée de l'immeuble. Bébé, 1er étage droite, uniquement sur consultation. Bébé, avocat à la cour. Bébé & Bébé, notaires.

Leïla vient de mettre en route un CD d'Archives, dont la musique et les voix ont la pureté brûlante du thé vert qui, déjà, fume à côté d'elle. Penchée au-dessus de l'évier, elle rince verres et couverts sous le robinet. Je la regarde. Est-ce cette bande-son aux accents mélancoliques ? Est-ce la lumière en demi-teinte ? Ou la posture de Leïla, silhouette à la Hopper si seule sous le néon de ce décor ? D'un coup, la scène prend sous mes yeux une de ces teintes mélancoliques que seul le cinéma, dans ses moments de grâce, parvient à nous offrir. J'ai devant moi une héroïne, l'héroïne d'un film magnifiquement banal dont je partage l'affiche, et cette sensation, plus charnelle qu'autre chose, me bouleverse au point de me tirer les larmes. Leïla est là, elle me tourne le dos, se voue mécaniquement à une tâche sans intérêt et laisse libre cours à ses pensées, tristes peut-être. Tout dans sa position et sa mise – léger déhanché, genou droit plié, pied de danseuse à la barre, perpendiculaire, buste incliné, manches retroussées, mèche en tortillon échappée de la barrette – témoigne d'une intime volonté de tenir son rôle, non pas de ménagère, ça non, pas le genre de la maison, mais plutôt son rôle humain, un humain qui fait de son mieux (c'est ce que je disais au Vieux), s'accroche, s'obstine. Petite femme que j'aime, mon amour, tu me casses les pieds (et je reste poli) mais qu'est-ce que je t'aime. Quand Leïla se retourne et me découvre là, elle sursaute puis sourit à mon regard et nous ne trouvons rien de mieux à faire que de nous serrer fort dans les bras. À présent, j'entends presque ses paupières battre tellement je suis plongé dans la contemplation de son visage. Il s'est arrondi mais les traits sont les mêmes, un peu d'Orient à fleur de peau, des yeux de miel, juste ce qu'il faut de caractère dans la courbe du nez et une bouche à se damner, écrin pulpeux légèrement entrouvert sur une rangée de perles blanches. Je sens son ventre, je sens son souffle, elle a alors ce geste que les femmes ne font plus depuis que les slows ont disparu, mais qui rend les hommes fous : elle étire ses bras, les pose sur mes épaules et enlace mon cou.

C'est alors que le téléphone sonne, autre corde au cou. Nom de Dieu, le Vieux. J'ai le tort de décrocher. À regret et dans un sifflement un rien désabusé, les deux boas de Leïla font glisser leurs anneaux le long de mon torse, cependant qu'une langue bien connue me rentre dans l'oreille.

— Alors, on abandonne son père ?

— Bonjour, papa.

Je branche le micro, pour m'amuser.

— Qu'est-ce que vous faites de beau ?

— On revient tout juste d'Ikea, on est un peu vannés.

— D'où ça ?

— Ikea.

— Connais pas.

— Ils vendent des meubles.

— Comme Monsieur Meuble ? Ou Levitan ?

— C'est ça, mais c'est suédois.

Je lève les yeux vers Leïla. Elle secoue la tête, entre amusement et désolation. Le Vieux poursuit, il est en veine de curiosité.

— C'est pour le petit ?

— Ou la petite, on ne sait pas.

— Pourquoi vous ne demandez pas le sexe ? Tu sais, on peut demander, maintenant.

— Ça oui, je sais qu'on peut demander, mais on ne préfère pas. Surprise !

Leïla me regarde sur la chaise du coin, jambes un peu écartées, bras ballants.

— Vous lui aménagez sa chambre ?

— C'est ça.

— Vous vous y prenez tôt, dis donc.

— Tu sais, on n'est plus si loin du terme, le temps passe vite.

— Quand est-ce ?

— Six semaines.

— Et l'école ?

— Holà ! Là, c'est toi qui t'y prends tôt.

— Tu l'as dit toi-même, le temps passe vite.

— Je ne sais pas. Leïla pense à l'École alsacienne, pour plus tard.

— Pourquoi, elles ne sont pas bien, les écoles de la porte d'Orléans ?

— C'est une question de niveau.

— Tu peux préciser ? Tu es pour l'école publique, non ?

— Mais…

— Te fatigue pas, j'ai compris. L'évolution du monde, c'est bien, mais les bonnes écoles du 6e arrondissement, c'est encore mieux. On se retrouve entre soi et, comme tu dis, il n'y pas de problème de niveau. De niveau social, surtout. Avec cette tactique, on est certain de décrocher son bachot.

— On dit le « bac »… Et puis arrête, ça n'a rien à voir.

— Bien sûr que si. Faire des grands discours, c'est une chose, en assumer les conséquences, c'en est une autre. Mais tu as raison. Un fils d'ambassadeur africain, c'est toujours un petit Noir, ça fera bien sur les photos.

Leïla lève les yeux au ciel. Encore une fois, ce vieux réac me met en porte-à-faux.

— Papa, arrête, c'est insupportable à la fin. Tu ne veux pas le meilleur pour ton petit-fils ou ta petite-fille ?

— Bien sûr que si ! Mais je croyais que le meilleur était dans l'école publique et laïque de la République, tu sais, la République de l'égalité des chances entre enfants de tous les milieux, toutes les origines et toutes les religions ! Alors que veux-tu, je m'interroge sur votre besoin de mettre votre gamin dans une boîte payante à dix stations de chez vous, voilà tout. Mais tu as raison, je dois avoir l'esprit mal tourné, vivement qu'on renouvelle une bonne fois pour toutes le sang de ce pays pour ne plus avoir affaire à des vieux fins de race comme moi.

— Je ne comprends rien à ton délire, je crois qu'il vaut mieux changer de sujet.

— Moi, je me comprends très bien. Aujourd'hui, il vaut mieux avoir les moyens de son humanisme.

— Tu me fatigues. En plus, on n'est pas riches, tu le sais très bien.

— Non, mais vous connaissez des gens. Dans le monde actuel, c'est comme l'espace et le silence, ça vaut de l'or.

Leïla me désigne sa montre, excédée. On va arrêter les frais.

— Si tu veux, papa, si tu veux… Bon, tu m'excuses, mais il va falloir que je raccroche, on a des tonnes de trucs à faire, ici.

— Je comprends, je comprends.

— Bon, je te rappelle, papa. Je t'embrasse.

— Salut, fiston.

Le pire, c'est qu'après toute cette bile, il ose me faire le coup du « salut, fiston », avec la voix un peu triste. Leïla me fixe, exaspérée. Une fois de plus, il a gagné. Elle explose.

— Tu peux me dire pourquoi tu ne lui as pas claqué le beignet plus tôt ?

— Parce que c'est mon père. Et parce qu'il n'a pas complètement tort.

— OK, de mieux en mieux. Je préfère ne pas te dire ce que je pense de tout ça.

— Je sais ce que tu penses, et je pense pareil. Mais quand même. C'est pas très honnête tout ça.

— Tu vois ? Tu lui donnes raison.

— Mais non.

— Mais si.

— Non.

— Si.

Je tape du pied, j'ai cinq ans. Enfin Leïla se déride un peu.

— Non.

— Si !

— Toi-même.

— Même pas vrai.

— C'est celui qui dit qui y est.

— Je m'en fiche, je vais le dire.

Cette fois, Leïla se laisse aller à sourire, vaincue et vaguement agacée de l'être.

— T'es vraiment trop con. Va monter tes meubles au lieu de dire des insanités, sale petit blanc raciste et fils de raciste.

— Oui patwonne, bien patwonne, dis-je avec un accent antillais mal imité, histoire de ne pas faire d'histoires.

Et les cartons et les notices parsemées de petites vis de s'étaler à présent sur le sol dans un silence soumis, celui des subalternes. C'est à ce moment-là que, pour détendre l'atmosphère, Leïla prononce *la* phrase à ne pas prononcer.

— Tu sais quoi ? J'ai mis la photo de mon ventre sur Facebook.

— Tu peux me redire ça ?

— Mon gros bidon, je l'ai mis sur Facebook.

— Tu me fais marcher.

— Pas du tout ! C'est génial, non ?

— Leïla, ne me dis pas que tu as fait ça.

— Mais qu'est-ce que j'ai fait ?

— Ce que tu as fait, c'est que tu as jeté en pâture à des centaines de personnes le plus sacré, le plus intime de toi ! Voilà ce que tu as fait, et c'est monstrueux ! Ce bébé n'est même pas né, nous ne l'avons même pas touché, même pas respiré, qu'il est déjà pris dans la Toile… comme une mouche engluée… et toutes ces mains autour, qui pianotent et qui cliquent, qui s'agitent et s'activent, comme des araignées qui s'approchent de leur proie…

— Eh oh, Jean, tu ne crois pas que tu en fais un peu beaucoup, là ? Tu te rends compte que tu t'écoutes parler ? On n'est pas dans une pub, mon coco ! Facebook, les réseaux sociaux, c'est le monde d'aujourd'hui. Tu n'y peux rien !

— Le monde du nombrilisme.

— Justement, un ventre au milieu des nombrils, c'est raccord !

— Très drôle. C'est pas raccord, c'est juste écœurant. Ces gens qui montrent leur tronche et font la promotion de leur petite existence à longueur de pages, ça donne la nausée. Facebook, sous couvert de simplicité, c'est le canal mondial de la vantardise autocentrée. Regardez comme je m'amuse à cette fête ! Regardez comme je suis beau, comme je suis belle ! Regardez comme la plage où je me trouve est ensoleillée, surtout pendant que vous bossez comme des cons ! Regardez le cassoulet que je vais manger ! Regardez l'assiette de cassoulet que je viens de manger ! Regardez comme elle est chouette, ma vie ! Comme je suis chic, drôle, cool, bien entouré ! Vous avez vu ma nouvelle cuisine ? Oui, mais on s'en fout ! Vous avez lu mon affligeante pensée du jour ? Oui, mais on s'en fout ! Parce que c'est ça, en fait, qu'on a envie de hurler à tous ces gens : On s'en fout de ton menu, de tes guiboles sur le sable et de ton séjour aux Bahamas ! Tu comprends, ça ? On s'en fout de ton impudeur, de ton égocentrisme et de ta petite vie qui ne passionne que toi ! Moi je, moi je ! Bientôt, ils filmeront leurs crottes… ça me rend hystérique.

— C'est ce que je vois.

— Tu es mal placée pour te moquer. Quand je pense que tu ne trouves rien de mieux à faire que de balancer ton futur enfant dans cette grande partouze communicante !

— Oh là là ! Quel drame pour si peu ! Tout ça parce que les gens ont envie d'échanger, de s'amuser, de donner une bonne image d'eux-mêmes… Tu préférerais qu'ils se lamentent, qu'ils restent dans leur coin? Le réseau social, c'est le nouveau café du Commerce. Les gens se retrouvent, papotent, plaisantent, c'est un crime? Sauf qu'à la place du zinc, il y a un *wall.* Et à la place des commérages, il y a des *like.*

– Des « *like* »... ! Un « *wall* »! Quel cauchemar! J'avais oublié le gage indispensable d'appartenance au village global, la caution « hype » de l'échangisme verbal : l'anglais! L'anglais obligatoire dont nous abreuvent tous ces reporters de leur propre destin, tous ces petits Pulitzer de leur propre cul, tous ces Albert Londres du Moi. Comme ils sont fiers, mon Dieu, de nous montrer qu'ils savent manier le grand espéranto des modeux! Regardez comme je parle bien l'anglais : Yes, mais on s'en fout toujours autant!

— Mais t'es malade, Jean, ou quoi? Tu as vu comment tu parles? Pire que ton père!

— Excuse-moi, mais quand on voit Facebook, et quand on voit les pubs, je me dis qu'il a raison.

— Et moi je trouve que tu devrais faire gaffe, ça ne te réussit pas de le voir, il déteint méchamment sur toi...

— C'est mon père, j'y peux rien. Mieux vaut qu'il ne sache pas ce que tu as fait.

— Y a pas de risque, il ne sait même pas que Facebook existe.

— Ne le prends pas pour un naïf. Il sort de temps en temps, tu sais, il va dans les magasins, entend des bribes de commentaires à la radio, à la télé. Il a les oreilles qui traînent et les yeux bien ouverts. Il en sait bien plus que tu ne crois, y compris sur Facebook. Cela dit, je lui souhaite de ne rien savoir de ce fatras saturé de « branchitude », d'anglicismes et de fautes d'orthographe… Ça risquerait de le faire marrer franchement.

— Toi, en revanche, tu ne me fais pas marrer du tout, mon Jean. Qu'est-ce qui t'arrive ? On dirait un vieux con revenu de tout !

— Plutôt un jeune con qui n'en revient pas.

— De quoi ?

— D'être bientôt papa.

— Et alors ?

— Que veux-tu, ça me fait peur. Je me sens lourd. Je pèse trois cents tonnes. Avec la vie qui passe et les forces qui nous quittent, on devrait s'alléger et c'est le contraire qui se passe.

— Plains-toi ! Moi, j'ai pris vingt kilos.

— Tant mieux. Au moins tu as pris des formes. J'en avais marre de ma planche à pain Ikea.

— Merci, c'est gentil. Tiens, à ce propos, bosse un peu.

— Je finis la table à langer, et le reste, ce sera pour demain.

— Tu as de la chance, gros fainéant, tu as encore quelques jours devant toi.

Leïla caresse son ventre avec attendrissement.

— Il a l'air bien là où il est.

— Ou elle.

— Oui, enfin… le bébé, quoi.

5

Leïla a perdu les eaux. Dans la salle d'attente de la maternité, je suis en train d'attaquer ma troisième soupe à la tomate lorsque Malo hurle. Je m'étais tout imaginé sur ce cri mais pas à quel point il me bouleverserait et mieux encore : m'impressionnerait. Je regarde par le hublot, je suis vêtu de papier bleu, je frappe à la porte, on me laisse entrer. Je le vois. Difficile de croire, oui, difficile de croire que ce cri, ce cri énorme dont j'entends encore l'écho, soit l'œuvre de ce petit machin grassouillet, tout sanguinolent et collé de partout, les cheveux et les mains et les fesses et tout qui, à présent, du haut de ses vingt secondes d'existence, semble me lancer : « Écoute bien, grand con, je ne vois rien, je ne sais rien, mais j'arrive et je le gueule le plus fort que je peux. Pour l'instant, un couillon en blouse blanche me tient la tête en bas et me rosse le cul mais, crois-moi, mon grand con de papa, toi qui crois voir et savoir, tu ne perds rien pour attendre. Alors grouille-toi, s'il te plaît, et viens me sortir de là. »

Leïla me sourit, elle est pâle. L'enfant a aussitôt été emmené pour des soins mais, après quelques instants, il est réapparu. Nous portons la même tenue, sauf que la sienne est en laine tricotée, un minuscule pull et un minuscule bonnet ajustés à son corps gigotant, impatient et fort, incroyablement fort, un vrai boxeur en peignoir qui gesticule avant de monter sur le ring. Je tends les bras, l'infirmière l'y dépose, ma timidité le calme, il me regarde, du moins en ai-je l'impression, et, immédiatement, je l'adopte, je l'adore, je l'admire. Dans quoi te lances-tu, mon gars ? Tu te rends compte de ce que tu fais ? Où tu mets les pieds ? Ton grand-père a raison.

Il me voit inquiet pour lui. De ses yeux myopes, il fait le tour de mon visage, contemple ma bouche bée et mon air ahuri, et on dirait que ça le fait marrer. Il doit être 4 heures du matin. J'ai la noix de coco toute chaude de son crâne dans ma main, je le tiens tout entier comme un miroir sans tain, sans fond et sans fard et, pour tout l'or du monde, je ne bougerais d'un millimètre. Dans son visage je m'abîme. « T'es mon petit mec, je lui dis, maintenant on est deux. »

Il est d'accord. Il dodeline. Leïla est vidée et souriante, le front vaste comme le monde, un monde où régnerait enfin la paix. J'y dépose un baiser, la remercie, cherche quelque chose à dire, quelque chose d'important et de juste et de définitif, mais tout mon être reste sec, excepté mes yeux. On a posé Malo sur le ventre de sa mère, il se cambre et se cabre, bat des mains entre ses seins, essaie de remonter vers le cou, on dirait un surfeur qui va chercher la vague. Il doit se dire que les humains, sur cette terre où il débarque, sont tous très enrhumés, du moins si l'on en juge par leur nez rouge de clown et leurs reniflements. Même l'infirmière s'y met, elle qui en a vu d'autre, et nous restons comme cela, baignés du bonheur bête d'être vivants.

Je dépose un baiser sur la bouche de Leïla.

— Il est beau, mon amour. Merci.

— C'est tout toi.

Malo hurle. Je souris.

— Pas faux.

Nous restons un long moment en pâmoison, à regarder notre fils. Soudain, Leïla saisit ma main.

— Tu as appelé ton père ?

— Il doit dormir. Je l'appellerai tout à l'heure. Pas besoin de le réveiller en sursaut, ça va lui faire peur.

— Il n'a peur de rien, soupire Leïla, presque à regret.

Malo hurle à nouveau. Il a compris que pour obtenir quelque chose en ce bas monde, il faut gueuler. Malheur aux scrupuleux, aux trop bien élevés, aux discrets, aux gentils, condamnés à se faire passer devant pour le restant de leurs jours. Au contraire, Malo semble être de ceux qui ne se laissent pas abuser dans les files d'attente par des vieilles dames faussement distraites ou des balourds grossiers. Présentement, il veut du lait, et vite, sinon il fait un scandale et demande qu'on appelle le responsable (moi). Leïla sort un sein. C'est gros, blanc, granuleux, turgescent, cyclopéen et, curieusement, obscène. Je me sens de trop, je m'efface, je me lève.

— Eh oui ! C'est à son tour, sourit-elle. Mais tu peux rester, tu sais. Tu es le père, quand même.

— Bonne nouvelle ! Mais non merci, je vais vous laisser, c'est entre vous.

Malo tète à grands suçons, ça me fait mal pour elle. Je me risque.

— Il a l'air d'avoir faim.

— Il a.

— Ça ne te fait pas mal ?

— Si. Mais c'est la vie.

— On ne saurait mieux dire. Tu as besoin de quelque chose ?

— Un verre d'eau, s'il te plaît. Et un sourire de l'heureux papa.

Je me sens démasqué.

— Une petite photo ?

— Zou.

J'ai oublié mon appareil. J'utilise mon portable. Je le dirai au Vieux : pratique, ces trucs-là, non ? On peut même filmer.

— Tu vas te recoucher ? me demande Leïla.

— Oui, je pense. Je vais laisser un mail à l'agence. J'y vais.

— Bisous ?

— Bisous, mon cœur.

La porte couleur saumon se referme sur la vision de Leïla faisant risette à Malo. Je n'ai aucune raison de rester et, en même temps, aucune envie de les laisser.

C'est peut-être ça, la paternité. Toujours est-il que le monde, soudain, me paraît chargé de sens : dans la rue, les hommes que je croise se sont mués en pères et c'est peu dire que je ressens envers eux comme un étrange sentiment de fraternité. Mes amis, mes pairs, je sais ce que c'est, moi aussi je suis papa, je peux en parler, parlons-en si vous voulez ! Il y a un bar encore ouvert, ou déjà ouvert, qu'importe, fêtons ça au champagne, allez, il n'y a pas d'heure pour les braves ! Mais mes compagnons d'armes passent leur chemin, m'évitent, ils vont travailler. Il est 5 heures, Paris s'éveille bientôt, c'est l'heure où je vais me coucher mais, comme Dutronc, je n'ai pas sommeil.

*

Au matin, j'ouvre la fenêtre de la cuisine qui offre un beau dégagement sur un décor à la Trauner – succession de courettes parisiennes, garages, marronniers fatigués, gouttières rouillées –, un de ces espaces urbains où le vent peut prendre son élan pour se lancer, mais pas comme sur une grande avenue ou sur les Champs-Élysées, ça non, plutôt en cachette, comme un adulte qui apprend à faire du vélo et ne veut pas qu'on le voie.

J'ouvre la fenêtre et ce souffle de vent, content de ses exploits, s'engouffre dans l'appartement, invité enthousiaste et un rien envahissant qui veut savoir ce qu'il y a de nouveau, tiens, tu as un nouveau canapé, tiens, tu as repeint la salle de bains ? Mais il n'y a rien à voir chez moi, peut-être quelque chose à voir *en* moi, et qui se résume à ce constat : quelque part sur cette terre gigote un petit être qui me doit la vie et à qui je dois, en retour, d'aimer à nouveau la mienne – nous sommes quittes, Malo, nous sommes quittes.

Je sais alors qu'avec la bourrasque vient d'arriver la *communion*, du moins cette impression que je nomme comme telle en mon for intérieur – l'impression, dans un moment parfait et fugitif, d'être un humain plein d'amour pour les autres humains et plein d'amour pour le monde, et cela sans la moindre affectation ni le moindre sentiment de naïveté ridicule.

En général, il s'en faut de très peu pour que la magie opère, peut-être un rien de mystère, comme dans toute magie, deux ou trois accessoires – une bouffée d'air frais, un rai de lumière, une musique au loin – et voilà, le tour est joué, il n'y a plus qu'à consentir à l'illusion : d'un seul coup, chacun devient le héros d'un scénario déjà écrit, auquel tout contribue, aussi bien le décor que la musique et les oiseaux dans le ciel, un ciel d'un bleu chromo de vieux *Cinémonde*. Et c'est tout juste si l'on remarque que le film est altéré, ici et là, par l'usure qui affecte les vieilles pellicules.

Sans doute est-ce le bon moment pour appeler mon père. Puisse-t-il être, ce moment sacré, dénué de scories sirupeuses. Lavé à l'eau salée. Débarrassé de toute émotion surjouée qui pourrait interférer dans notre échange. Je veux lui annoncer la nouvelle avec une pureté de vierge, déposer le couffin à ses pieds, tirer ma révérence et me retirer, guidé par ma seule bonne étoile, et rien ne doit pouvoir gâcher cela.

Peu de tonalités, ça décroche assez vite.

— Papa ?

— Bonjour, fiston.

— Bon ben, j'ai une grande nouvelle à t'annoncer…

— Ah oui ?

— Ça y est, tu es grand-père !

— Et ?

— Comment ça, « et » ?…

— Le prénom ?

— Malo.

— Comme Saint-Malo ?

— Oui.

— C'est gentil.

— Tu es content ?

— Pour le prénom, ça oui.

— Tu le verrais…

— C'est tout vu. Pauvre gamin.

— Tu parles, pauvre gamin, il rigole tout le temps !

— Qu'il en profite.

— Quand tu le verras, tu changeras d'avis, c'est fou à quel point un enfant te donne envie d'y croire. Ça balaye tout, toutes les angoisses.

— Moi aussi, je ne demande qu'à y croire, fiston. En tout cas, félicitations, je suis content pour toi. Enfin, pour vous. La maman va bien ?

— Aussi bien que possible. Tu viens quand tu veux.

— Où est-ce ?

— Hôpital Saint-Joseph, dans le 14ᵉ.

— La Lionne n'aime pas tellement Paris, mais bon, elle fera un effort.

— Ah bon ? Je croyais qu'elle ne craignait pas les embouteillages ? Enfin, c'est comme tu le sens.

— Je te rappelle.

— OK.

— Ah…

— Oui ?

— Embrasse le petit pour moi.

Je raccroche, comme on raccroche les gants. À quoi bon combattre ? Sur quel ring? Pourquoi ? Pour se prendre des coups en pleine gueule ? Sous les huées d'un public invisible, fait de tous ces gens qui m'ont vu grandir, me résigner, courber l'échine et fuir, fuir sans cesse ? J'imagine Leïla au premier rang, gesticulant plus que les autres, hurlant « Vas-y, putain, ça y est, tu es père, tu peux tout te permettre, quelle image tu veux donner à ton fils, quel exemple, hein ? Allez, debout, bats-toi ! »

D'accord, elle veut que je me batte, alors je me bats. Dans les jours qui suivent, chaque visite à l'hôpital Saint-Joseph me donne l'occasion de fourbir mes armes avec le sentiment du devoir accompli. J'y vais après le déjeuner – Astrid, attendrie, faisant montre à l'agence d'une certaine souplesse. Je trouve Leïla un peu assoupie, avec devant elle un plateau encombré des reliefs du poisson ou de la viande (on a du mal à distinguer les deux) auxquels elle n'a presque pas touché. Seuls le fromage (surtout La Vache qui rit) et le dessert trouvent grâce à ses yeux. Pour le reste, Leïla s'alimente principalement avec les chocolats et pâtes de fruits que les visiteurs lui laissent en quantités industrielles, sous forme de boîtes luxueuses qui dissimulent celles des médicaments, plus petites et moins dorées.

Toutes ces denrées font régner dans la chambre des odeurs mal assorties, auxquelles se mêlent des relents d'urine, de lait tourné et de produit détergent. Je m'assois invariablement sur le même rebord de lit, d'où j'ai une vue plongeante sur celui de Malo. De ce poste de vigie, je peux aussi tenir la main de Leïla, la regarder dans les yeux de temps en temps, mais c'est Malo qui m'hypnotise : à mesure que je m'abîme dans la contemplation de sa petite bouille endormie, de ses pieds pas plus grands que des dattes maintenues en l'air – on en mangerait –, de ses poings serrés – quatre grains de riz parfaitement alignés sous le pouce –, de son sourire en coin qu'allonge un rêve passager, mon sourire à moi s'allonge également et tout ce qui l'entoure disparaît dans un flou qui m'indiffère.

Malo est une merveille, un bijou, un joujou potelé. On n'a qu'une envie, c'est de le réveiller, le mettre contre son torse pour qu'il cherche le sein en donnant des coups de boule avec obstination, tenir son crâne duveteux au creux de la paume, le respirer, le papouiller, le couvrir de bave avec une gestuelle animale, protectrice, ancestrale, née au matin du monde. Alors, oui, je me bats, mais à ma façon, je me bats contre le sentiment entêtant que Leïla, dans ces moments de grâce, ne compte tout simplement pas à mes yeux, ne compte plus du tout, ni elle, ni ses chocolats, ni ses magazines people, ni son beau sourire fatigué, ni ses cheveux émouvants éparpillés sur l'oreiller, ni son buste satiné montant et descendant comme la houle. Car Malo est un aimant qui concentre à lui seul l'énergie ambiante avec ce qu'elle comporte d'amour, d'espoir et de nostalgie aussi ; il absorbe et contient le monde comme la lampe, le génie du conte ; le voir s'endormir, c'est déjà regretter de ne pas lui avoir soumis un vœu, posé une colle telle que celle-ci : dis, qu'allons-nous devenir maintenant que tu es là ?

L'aide-soignante passe pour débarrasser le plateau.

— On a bien mangé ?

— Un peu…, répond Leïla en regardant ailleurs.

— Pas assez ! Il faut faire un effort !

— C'est surtout le cuistot qui devrait faire un effort.

Bien dit. Tandis que l'infirmière s'en retourne en haussant les épaules, Leïla et moi retrouvons, l'espace d'un instant, la complicité qui était la nôtre il n'y a pas si longtemps. Enhardi par cette minuscule magie nichée dans le creux de nos mains encore entrecroisées, je lui souris.

— Comment tu te sens ?

— Comme une grosse baleine. Tu sais, une de ces baleines que l'on trouve parfois échouées sur une plage, sans trop savoir ce qu'elles font là…

— Je ne saisis pas la comparaison…

— Moi, si. Ces baleines, on dit qu'elles se perdent parce que leur sonar est brouillé par tous les ultrasons qu'il y a sous l'océan, alors elles s'échouent et crèvent comme des connes, faute d'oxygène, avec des types en ciré qui leur tournent autour et la presse locale qui prend des photos.

— Je te suis de moins en moins.

— Tu m'aimes, Jean ?

— Évidemment que je t'aime, j'aime Malo, je nous aime tous les trois.

— Mais moi, *moi*, tu m'aimes ?

— Mais oui !

— Parce que là, je suis vraiment une grosse baleine harponnée par son mec et complètement paumée, tu vois ?

— D'abord, je ne t'ai pas harponnée, et je ne suis pas plus un pêcheur japonais que toi un cétacé, ou alors tu aurais dû me prévenir.

Leïla laisse échapper un sourire, elle est incroyablement belle. Elle boit un peu d'eau à la bouteille, s'interrompt entre deux gorgées.

— Tu as eu ton père ?

— Bien sûr.

— Et alors ?

— Tout va bien, il passera.

— Surtout, qu'il ne se sente pas obligé.

Et Leïla de se remettre à boire à grands glouglous, l'œil en coin, ses doigts fins enserrant la bouteille comme ceux d'un bébé tenant ferme son biberon. Moi aussi, j'ai envie de me soûler, mais pas avec de l'Evian ni du petit-lait, plutôt avec une bonne bouteille de bourbon. C'est assez rare mais, quand ça me prend, ça me prend. Impossible d'y résister, c'est vital, j'ai envie d'être nu au beau milieu du Jack Daniel's, nu comme un bébé dans le ventre de sa mère, nu comme un ver dans une bouteille de mezcal. Il me faut mentir, et vite.

— Je dois y aller.

— Tu vas à l'agence ?

— Oui, on est un peu charrette en ce moment, Astrid est plutôt sympa, mais je ne veux pas abuser.

— Vous êtes sur quoi ?

— Une compète.

— Sur quoi ?

— Des biscuits. Des biscuits diététiques.

C'est tellement n'importe quoi que ça fait vrai. J'aurais parlé de whisky, elle ne m'aurait pas cru. Alors que c'est le whisky qui devrait faire vrai, parce que je meurs d'envie de me bourrer la gueule, maintenant et proprement. Mais alors que je laisse traîner mon petit doigt non loin de ceux de Malo, pourtant serrés par le sommeil, ceux-ci s'ouvrent comme une fleur et se referment aussitôt sur mon ongle. Mon petit doigt est pris, une force insoupçonnable le retient. Sans doute Malo est-il en train de rêver qu'il est dans un manège et qu'il faut attraper la queue de Mickey pour gagner un tour supplémentaire. S'il savait dans quoi il vient de s'embarquer, quelles montagnes russes il va gravir puis dévaler, en riant, en pleurant, en hurlant de joie, de peur et de chagrin, et toujours repartir pour un tour ! Des hauts et des bas, des bas et des hauts, voilà ce qu'il va connaître, avec, à la fin, l'impression de s'être bien amusé, de ne pas en avoir profité assez, le soulagement que cela s'arrête, mais aussi la tristesse que cela s'arrête déjà. Qu'il n'y aura pas d'autre tour. Qu'il faut alors passer à l'ultime attraction : le train fantôme avec ses cris, ses terreurs, ses remords, sa chute dans le vide qui dure une éternité et pas de lumière au bout.

*

Le bar *Le 7e art* doit son nom au cinéma – le très tendance *Entrepôt* – qui fait briller ses lettres bleues rue Victor-de-Pressensé. Mais au *7e art*, on ne vient pas bruncher entre familles recomposées en revenant de l'AMAP de la rue Raymond-Losserand ; on ne mange pas des « mi-cuits maison » au chocolat équitable dont on laisse la moitié de la part à huit euros ; on ne remercie pas le sort d'habiter un quartier qui « a su rester assez populaire » pour qu'on puisse y dénicher une ancienne imprimerie à moins d'un million d'euros ; on ne voit pas de serveurs à casquette faussement gouailleurs, pas de *Télérama* qui traîne ni de Mélenchoniens qui préparent le Grand Soir (à condition que ça ne tombe pas pendant un week-end à l'île d'Yeu). Non, rien de tout ça. Au *7e art*, on trouve plutôt du popu, du vrai, de l'édenté, du qui parle mal, du qui cause en mangeant et en regardant les courses sur l'écran suspendu, les pieds dans les mégots et les tickets perdants de la Française des Jeux.

C'est là que je me trouve. Ce n'est pas un exploit, ce n'est pas un gage donné à je ne sais qui, ce n'est pas de la bonne conscience, c'est mon bar et j'y attaque mon troisième Jack Daniel's avec une sorte de perfectionnisme d'artisan. Michel, le garçon, m'a dit bonjour, il y a longtemps que je le connais mais il ne me donne ni du « tu » ni du « Jean » pour faire bien. Il me sert, voilà tout, avec le sourire et des glaçons, ce qui n'est déjà pas mal, et même des cacahuètes porteuses de germes d'urine mais non moins délicieuses. Autour de moi, ça gueule et ça gesticule, il y a du peintre en bâtiment, du coursier, du livreur, du retraité alcoolique, du chômeur, du paumé, du vieux beau à nuque longue, des yeux tristes en pagaille, du verbe haut pour noyer le moral bas, et de l'espoir, beaucoup d'espoir, placé à cent contre un dans le PMU et à un milliard contre un dans l'Euromillions. Michel règne sur son monde en lavant ses couverts à grands bruits sous le jet dru et fumant de l'évier. Il distribue les soucoupes, la monnaie et les bonjours l'œil toujours rivé sur l'extérieur, des fois que la boulangerie d'en face s'envolerait ou que la reine d'Angleterre entrerait chez Nicolas pour y acheter du beaujolais. C'est étrange, ce regard des vendeurs et des garçons de café, ce regard fixe qui vous passe au-dessus de l'épaule et fuse vers le lointain ; on ne sait pas s'ils se consolent en regardant déjà l'ailleurs où ils seront un jour, ou s'ils vous montrent ainsi qu'ils ne sont pas vos obligés, qu'ils pourraient, s'ils le voulaient, partir, partir tout de suite, vous laissant comme un con avec une soucoupe sans tasse, un café sans sucre, un sandwich sans cornichons ou un billet sans monnaie rendue.

Mais non, rien n'a bougé, la boulangerie Lalos est toujours là, il y aura la queue dimanche, c'est l'un des meilleurs pains de Paris, on se damnerait pour une ficelle ou une campagnarde encore brûlante, et même le merci crispé de la patronne n'arrive pas à énerver le chaland, il en redemande. Rien n'a bougé, il y a toujours le Nicolas, tenu par un géant et sa femme asiatique qui tiendrait dans sa main. Rien n'a bougé, il y a toujours les deux frères marocains qui tiennent l'épicerie jusqu'à 1 heure du matin, les artistes voûtés sur leurs heures de gloire, les étudiants heureux, les papys vieille France dont les ancêtres avisés, venus de leur Bretagne au début du siècle, ont eu la bonne idée de faire construire rue Boyer-Barret, rue Pernety ou rue de Plaisance, et ces ruches de grouiller de familles proprettes qui vont à la messe à Saint-Pierre-de-Montrouge, sur la place d'Alésia.

Rien n'a changé et c'est ce que j'aime, il n'a pas tort le Vieux. Puisse mon gamin, un jour, boire un whisky ou deux dans un bar comme celui-ci, entouré d'humains parfaitement imparfaits qu'il trouvera beaux et bouleversants parce qu'il aura trop bu et que sur l'écran plat passera un clip mièvre dégoulinant de violons et d'accords sirupeux, peut-être, mais à l'heure de l'âme amadouée et du corps spongieux, plus divins que du Mozart. Je n'aime rien tant que ce breuvage qui me réchauffe les veines, c'est de l'or que l'on coule dans le moule d'un lingot, un moule unique. Je me sens rare, pur, étincelant parce que joyau humain parmi d'autres joyaux, je me sens libre et tendre, indulgent pour moi-même et pour ceux qui m'entourent et, tiens, assez confiant que mon fils sera un jour dans ce monde comme un glaçon dans l'eau, pas un poisson, non, un glaçon, parce qu'un poisson, ça peut toujours mourir déboussolé sous l'océan, ça peut toujours être pêché, énucléé, coupé en morceaux, congelé et décongelé et passé à la poêle, tandis qu'un glaçon, mais un glaçon, c'est merveilleux, un glaçon ça ne peut que tinter, puis fondre, puis se fondre dans de l'or liquide au creux d'une paume avant de réchauffer le cœur d'un valeureux parmi tant d'autres – oui, c'est si bon d'être un glaçon, un doux glaçon dans l'eau et, oui, tu seras un glaçon, mon fils.

6

Le Vieux m'a dit tranquillement qu'il n'irait pas voir Malo à la maternité car la Lionne avait tendance à chauffer dans les embouteillages parisiens et qu'il était hors de question pour lui de prendre les transports en commun, précisément parce que le mot « commun » lui faisait horreur. Tant pis, il viendra plus tard à la maison.

Comment l'avouer? La maison, justement, je m'y sens bien tout seul. Ce lit immense, qui révèle aux pieds des zones de drap inexplorées, toujours fraîches; ce tee-shirt et ce bermuda absolument informes que je porte en toutes circonstances, seconde peau qui sent le Soupline lavande; ces chaînes de télé que je peux zapper à l'infini, de TF1 aux chaînes du Qatar en passant par le golf, la pub, les meurtres, le sexe, le foot, les clips, les experts en placement financier, les émissions de cuisine et la météo. Une sorte de survol planétaire que j'effectue du bout du pouce, télécommande et œil fixes, paquet de chips ouvert et bière pas très loin. Entre nous, quel rêve! Autant l'admettre, on peut atteindre dans cette position une béatitude qui confine à l'extase. On est à la fois une oie gavée, un veau sous sa mère, un paresseux dans son habitat naturel, bref, un zoo entier. Seules la fatigue visuelle et l'ankylose du bras peuvent nous faire renoncer à cet état d'animalité passive. Il est alors temps de se lever, d'aller se laver les dents, de vérifier ses mails, bref, de redevenir quelqu'un.

Inutile de dire quels efforts surhumains je dois accomplir ce matin-là pour ranger l'appartement, prendre ma voiture, aller chercher ma petite famille à l'hôpital et la ramener à bon port, courses faites et frigo rempli. Une véritable reprogrammation avec logiciel spécial « enthousiasme ». Leïla, dans la voiture, alors que le petit dort dans le siège arrimé à l'arrière, ne s'y trompe pas.

— Ça va ?

— Oui oui…

— T'en fais une tête…

— Je réfléchis, je veux être sûr de n'avoir rien oublié.

C'est là qu'elle commet l'irréparable : elle tape deux fois mon avant-bras, elle le tape trop fort, ça fait mal, c'est *le* truc que je ne supporte pas, et elle me lance avec une bonne humeur forcée :

— Cache ta joie mon pépère !…

Étrangement, cette expression de sitcom, conjuguée à ce surnom crétin, me fige d'horreur sur mon siège. Je trouve que ces mots sonnent faux, qu'ils augurent du pire, qu'ils veulent coupablement me contraindre à une gaieté de circonstance dont je n'ai pas envie. Que l'on me laisse être un chauffeur, accessoirement un amoureux et surtout un père – dans mon rétroviseur, le visage de Malo est celui d'un ange endormi.

Le grincement du frein à main le sort de son sommeil, et moi de ma torpeur. J'aurais pu rouler comme cela des kilomètres, sans me poser de questions, à regarder le monde venir à moi dans un défilement aimable. Mais non, il faut agir maintenant, comme toujours, toujours agir, c'est la loi de la vie sur terre. Je préfère en sourire et Leïla prend cela pour de la tendresse. Qu'elle puisse se tromper à ce point me touche profondément et c'est dans ces moments-là, ces moments par défaut, que je l'aime le plus. Peut-on bâtir une histoire d'amour autrement que sur un malentendu, du moins sur un paradoxe ? À cette question, Malo répond par un « oin » que j'essaie de toutes mes forces d'entendre comme un « oui ».

*

En venant enfin voir son petit-fils, le Vieux fait d'une pierre deux coups : sa visite est aussi l'occasion de faire la connaissance de Leïla. Au moment où ça sonne à la porte, je suis en train de démouler un cake sorti du four. C'est Leïla qui va ouvrir.

— Bonjour ! Je suis le père de Jean. Vous êtes Leïla, je suppose.

— Bonjour ! Oui, c'est ça, Leïla. Je vous en prie, entrez, euh…

— Beau-papa. Appelez-moi beau-papa. Même si je ne suis pas si beau que ça. On s'embrasse ?

J'entends claquer deux bises vite exécutées. Le contact va s'avérer glacial. Même les épais fauteuils en velours peinent à réchauffer l'ambiance. Le Vieux prend place en face de Leïla tandis que je m'assieds entre les deux, sur une chaise un peu haute qui me rappelle furieusement celle du juge-arbitre d'un match de tennis.

Malgré la pâleur de Leïla – que je n'impute pas seulement aux nuits courtes mais aussi et surtout à un malaise palpable –, le Vieux semble goûter la beauté tout exotique de sa presque belle-fille. Tandis que Malo dort encore et fait durer le supplice, mon père a tout le loisir de détailler les yeux, les cheveux bouclés et les courbes épanouies de la jeune mère.

— Il était temps ! Enfin je vois la jolie maman de mon petit-fils, minaude mon père.

— C'est vrai, il était temps, dit Leïla en piochant une olive providentielle. Jean m'a tellement parlé de vous.

— En bien, j'espère ! Je sais qu'il me présente souvent comme un misanthrope tapi au fond de sa caverne…

— Quelqu'un qui ne voit pas beaucoup de monde, c'est vrai. Mais qui a parcouru le monde.

Le Vieux, flatté, apprécie la pirouette rhétorique.

— Oh, ça… Vieux souvenirs de marin qui n'intéressent personne.

— Qui intéresseront sûrement Malo un jour, il faudra lui raconter.

— Vraiment ? s'écrie-t-il, plus cabotin que jamais.

— Bien sûr !

Et le Vieux de se retourner vers moi, rouge de fierté et faussement modeste :

— Tu vois, Jean, enfin quelqu'un dans la famille qui s'intéresse à moi !

Silence gêné. Leïla, pas dupe du personnage mais toujours mal à l'aise, prend une cigarette pour se donner une contenance. Puis se ravise aussitôt et la remet à sa place. Il ne s'agirait pas de prêter le flanc à des critiques qui, elle le pressent, viendront de toute façon bien assez tôt. Heureusement, c'est ce moment précis que Malo choisit pour abréger la séquence.

« Aaaah !… » s'écrient les deux acteurs de cette joute silencieuse, dans un soulagement qui restera comme leur unique point de convergence.

Leïla s'extrait péniblement des profondeurs moelleuses du fauteuil. Le Vieux, lui, ne bouge pas d'un pouce. Patriarche autoproclamé, il attend qu'on lui présente l'enfant avec les honneurs qui lui sont dus. C'est donc d'autant plus étrange d'observer son attitude quand, la minute d'après, il se retrouve avec Malo dans les bras. On dirait qu'il le tient à distance avec une crainte mâtinée de respect, cette sorte de respect que l'on éprouve pour ce qui nous fait peur, en l'occurrence, le futur. Il faut croire que pour le Vieux il en va d'un bébé comme de l'avenir : on ne sait jamais à quel moment il va vous sourire ou vous vomir en pleine face. D'ailleurs, peut-être est-ce pour mieux lire dans cet avenir inquiétant que deux minuscules boules de cristal naissent entre ses cils, faisant briller ses yeux et gonfler ses paupières.

— Vous pouvez être fiers, déclare-t-il seulement.

— Et toi, tu l'es ?

— Ça ne se voit pas ?

Le Vieux s'abîme alors dans une longue contemplation de Malo, avec une expression de béatitude que je ne lui connaissais pas. M'a-t-il observé de la même manière des décennies plus tôt ? Les larmes me montent à moi aussi, d'autant que mon père décide à cet instant de me remettre le bébé comme le Saint-Graal, avec des précautions charmantes. Ce faisant, il inverse curieusement les rôles, comme s'il me transmettait mon propre fils, comme s'il me rappelait gentiment la part de lui-même dont celui-ci est l'héritier. Leïla ne peut s'empêcher d'en sourire.

Le Vieux prend congé peu après, en ayant failli oublier d'offrir son cadeau – un très beau voilier en bois qui lui a appartenu enfant. Durant sa courte visite, il aura à peine touché à son thé, à peine touché à son cake, à peine touché à Malo.

La porte tout juste refermée, Leïla a déclaré : « Il est spécial, quand même. Mais bon, je m'attendais à pire. » Puis, constatant que je ne faisais aucun écho à ce commentaire, elle s'est tue. La messe était dite et le débat, clos. À présent, elle est assise sur le canapé, jambes croisées – là même où le Vieux n'a laissé qu'une trace en creux, celle d'un corps fatigué, lesté d'une vigueur intimidante. Elle tient Malo dans ses bras, et lui s'y trouve visiblement mieux que dans ceux de son grand-père. Elle lui donne le biberon tout en parcourant distraitement un magazine féminin.

Derrière la porte de la cuisine, le lave-vaisselle rythme le temps d'un ressac entêté et monotone. La hi-fi diffuse une musique New Age de salle de sport. Je n'ai plus le droit d'écouter mes disques, jugés trop syncopés pour le bébé. Je mange mécaniquement des petits-beurres Lu dont je n'ai plus envie depuis longtemps. Dans ma bouche, leur agrégat pâteux colmate mes molaires et me donne soif de mille choses, dont un peu d'eau, que je décide d'aller prélever directement au robinet, non sans en proposer à Leïla. Quand j'entre dans la cuisine, le ressac se fait plus sonore, comme lorsqu'on sort sur le pont d'un bateau après avoir quitté la ouate hermétique d'une cabine confortable. Mais nul vent ne vient me fouetter le visage, nulle aventure ne me décoiffe, nul parfum iodé de poisson ne me flatte les narines, sinon celui, âcre, du colin pané de midi, dont j'ai jeté les restes à la poubelle. Ma vie s'est arrêtée. Elle se réduit à un cabotage pépère dont les heures font office de côtes familières, les jours semblables d'horizons exaltants, les sourires mécaniques de pêche miraculeuse. Quand je retourne m'asseoir en face de Leïla, ma sensation d'étouffement n'est pas due qu'à l'excès de biscuits.

— Quand je pense que tu lis ces conneries, dis-je en désignant du menton le magazine.

— Pardon ? J'ai mal compris, on ne parle pas la bouche pleine, répond Leïla, sans quitter sa page des yeux ni faire grand cas de ma remarque.

— Je dis : c'est dingue que tu te repaisses de ces conneries.

— Que veux-tu, c'est le lot des cachalots, lire des bêtises avec leur petit sur les bras... Tiens, d'ailleurs, tu peux m'aider, s'il te plaît ?

Elle se redresse difficilement, je lui cale un coussin dans le dos. Malo s'interrompt à peine dans sa succion cadencée. Le temps de me pencher et de laisser traîner mes yeux, la page « Shopping » donne un peu de grain à moudre à mon exaspération.

— « *Must have* », « *it bag* », « *fashion addicts* » à la recherche des nouvelles « *crazy shoes* »... Mais quel charabia !

— Oh là là... quel délire pour trois mots !

— Ce n'est pas un délire. C'est juste que ça me tue de voir ce jargon tout envahir, ce franglais de bazar ! Mais regarde ! Les articles, la pub, tout est contaminé ! Quoi, c'est pas bien, le français ? Ça fait ringard ? Ça fait camembert et drapeau bleu blanc rouge ? Pauvre langue...

— Et pauvre France, tant que tu y es.

— J'ai dit « pauvre langue ». Bientôt un petit patois qui ne sera parlé que par une poignée d'universitaires érudits. Tous les autres n'auront à la bouche que le nouveau sabir moderne à la sauce McDo. Des mots comme des frites de menu *best of* : froids, sans goût, universels.

— Mais arrête, Jean, tu déconnes vraiment, là ! C'est pas une bombe atomique, c'est juste un journal, tu vois ? Rien de grave, rien que du léger, du distrayant, du futile, des trucs de bonne femme, tu vas pas en faire un drame quand même ?

— Oh que si. Mais du moment que les petites modeuses achètent…

Leïla ricane en tapant mollement dans ses mains.

— C'est fini ? Tu permets, la petite modeuse applaudit, c'est trop beau, trop émouvant ! Mais mon pauvre chéri, tu découvres la vie ! Tu veux refaire le monde, ou quoi ? On croirait entendre ton père. Même rancœur réchauffée, mêmes envolées lyriques.

— Il ne mange plus.

— Ton père ? Tiens donc, c'est nouveau ça… Et qu'est-ce qu'il a ?

— Mais non, pas mon père, Malo évidemment ! Réalisant le quiproquo, Leïla laisse échapper un petit rire qui achève de me contrarier. Ce faisant, et comme pour se donner une contenance, elle insiste et s'obstine à enfoncer la tétine du biberon dans la bouche du bébé, qui cherche à l'éviter par tous les moyens. Je bondis hors de mon siège.

— Mais merde, je te dis qu'il n'a plus faim !

Malo a sursauté, manquant de s'étouffer et, cette fois, Leïla a cessé de rire. L'un comme l'autre me fixent avec des yeux écarquillés. Mécaniquement, Leïla pose Malo sur ses genoux, une main dans son dos, une autre sur son ventre. Avec un calme glaçant, elle me cloue sur place :

— Non, mais tu vas pas bien, Jean. Tu t'es regardé ? Qu'est-ce qui te prend ?

— Baisse d'un ton, dis-je en prenant Malo à témoin.

Leïla reprend de plus belle, avant de se contenir, dents serrées.

— C'est toi qui dis ça ? Tu te fous de moi ou quoi ? Tu es là, à éructer… Oh !

Un rot magistral et très opportun l'interrompt dans sa phrase. Une sorte de bruit d'évier gigantesque, caverneux, inversement proportionné à la taille de son auteur. Celui-ci, droit comme un I, se tortille à présent d'un air satisfait, dodelinant de la tête et tirant la langue comme un type ivre mort qui souhaite rester digne. Mon fils.

— Je t'avais dit qu'il n'avait plus faim, dis-je, impressionné.

— Et moi je te dis que tu n'as pas à me parler comme ça. On est bien, tranquilles, et toi tu…

— Ça, pour être bien, on est bien. Et tranquilles.

— Attends, tu peux développer ?

Ce disant, elle plante à nouveau, mécaniquement, le biberon dans la bouche de Malo, comme on cloue le bec à un gamin bruyant à l'aide d'une tétine, commodément, sans y penser.

— C'est juste que ça me rend hystérique de te voir tout gober, tout digérer, aveuglément, pire qu'une oie que l'on gave… Oh, putain ! Non !

Gavé lui aussi, Malo vient de régurgiter l'intégralité de son repas et, pendant tout le temps où le lait coule sur son menton, je me surprends à crier « non » de façon ininterrompue, sur une note égale. Le plus surprenant, c'est que ce long et vomitif jet de décibels me fait un bien fou ! À telle enseigne que nous sommes trois, maintenant, à avoir la bouche ouverte : Leïla et Malo d'effarement et, moi, parce que je hurle, encore et toujours, à m'en briser la voix, à m'en fissurer l'œsophage. Comme c'est libérateur ! Et comme je sais gré à mon fils chéri de pouvoir faire sortir, chez lui le trop-plein dont il était repu jusqu'à l'écœurement, chez moi la bile qui me soulève le cœur depuis bien trop longtemps ! Tout ce que j'ai retenu au fond de l'estomac, ces rancœurs, ces frustrations et ces nausées successives, qui remontent à présent et que je crache d'un coup en une flaque sonore, salutaire. Il aura donc fallu que Malo sorte du ventre de sa mère pour que j'expulse du mien un magma de désirs mort-nés, même si je n'ignore pas quel en sera le prix, qui en sera la victime : Leïla ! Leïla qui vient de poser Malo dans son transat et qui pose maintenant sa paume contre ma bouche ouverte, qui hurle malgré tout, Leïla qui m'ordonne de me taire, d'arrêter de crier même si, pour ce faire, elle crie également. Sans doute pressent-elle, à cette seconde précise, qu'elle ne pourra plus vivre à mes côtés, que quelque chose s'est rompu avec cet acte de folie et que c'est de l'ordre de l'irréversible. Comment rester avec un fou ? Comment accepter un tel père pour son fils ? Foutu pour foutu, drame pour drame, je la repousse brutalement et me mets aussitôt en devoir de tout casser. Tout. Un typhon. Les livres volent, les oreillers, les chaises, le bureau, les cadres. Ma colère se nourrit d'elle-même, je me soupçonne de forcer le trait de la mise en scène, de me trouver du panache, de jouer la violence jusqu'au bout pour sortir du théâtre tête haute, pour que ça ait de la gueule, mais le résultat est là : la pièce est dévastée, Leïla, traumatisée, Malo, terrorisé.

Après la tempête vient le calme, après le gros temps la pluie de larmes. Faute de forces, Malo a renoncé à s'égosiller davantage, sa mère également. Ils ne sont à présent qu'un même reniflement mêlé de sanglots lourds. Et je ne suis quant à moi qu'un déserteur paradoxal demeuré sur le champ de bataille, avec pour seule médaille celle du devoir accompli. Je regarde mon fils, c'est moi tout craché, ou tout régurgité, c'est selon. Mon petit monstre. Mon petit cracheur de feu, de lait, de bile. La filiation se perpétue et le Vieux peut être fier, au moins, de son petit-fils.

Tiens, d'ailleurs, et le Vieux ?... En sortant dans la rue, laissant derrière moi ma famille meurtrie, mon premier réflexe est de l'appeler. Peut-être parce qu'après tout le responsable de tout cela, c'est lui. Au bout de cinq sonneries, je m'apprête à raccrocher quand sa voix retentit.

— Je te dérange ?

— Tout va bien. Je m'occupais de mes pivoines. Je leur soignais les ailes.

— Les ailes ?

— Eh oui. La pivoine, c'est la seule fleur qui aurait pu être un oiseau. Qui aurait dû. « Pivoine », tu ne trouves pas que ça fait nom d'oiseau ? On aurait pu dire : tiens, regarde, un vol de pivoines...

— Jamais remarqué.

— Et puis, quand tu observes une pivoine de près, tu sais, on dirait ces plumes contrariées qu'il y a sur le cou des cygnes, ou le jabot mouillé d'un flamant rose dans le vent. Un bouquet de pivoines, c'est une volée d'oiseaux qui se blottissent les uns contre les autres, qui tremblent de ne pouvoir voler.

— Je ne te connaissais pas ces accents poètes…

— Je les ai toujours eus, mais je les gardais pour moi.

— Comme quoi, tout vient à point…

— Et puis, surtout, j'en ai marre des roses. C'est snob, les roses. C'est tout droit, tout raide, trop bien peigné. Les roses, ça a un côté petite-bourgeoise endimanchée qui m'agace. Un côté collet monté qui ne veut pas se salir. Un peu trop net pour être vrai. Alors que la pivoine… La pivoine, c'est une fleur décoiffée, une fleur ébouriffée. Tu as déjà vu une pivoine blanche ? On dirait une mariée au petit matin, qui a dansé et bu toute la nuit et dont la robe s'est froissée à force de tournoyer. Un froissement de frou-frou et la belle se volatilise…

— Tu m'étonneras toujours.

— Ce n'est déjà pas mal, non ? Que veux-tu, ces fleurs, c'est mon péché mignon. Et puis, à respirer… une pivoine, c'est un paquet de bonbons, un sachet grand ouvert.

— Je ferai plus attention…

— Penses-tu, même pas besoin. Ce sont elles qui te cueillent dès lors que tu les regardes. Tu n'as plus qu'à te laisser faire.

J'hésite, mais la brèche est trop béante, la tentation trop grande. À croire que le Vieux a dit cela exprès.

— Justement, dis-je comme pour donner raison à son intuition. Je ne veux plus me laisser faire, papa. Je ne veux plus que ma vie, que les circonstances décident pour moi.

— Holà ! Tu as des soucis, toi. J'en étais sûr.

— C'est un ressenti, comme ça. Une réflexion. Une pensée, si j'ose dire. Tu vois, on reste dans les fleurs…

— Vénéneuses. Ou carnivores. Que se passe-t-il ?

— C'est à cause de Leïla. Enfin, à cause de moi.

— Ah.

— Je ne sais pas, je crois que je ne suis pas fait pour cette existence-là. Le bébé, le train-train, la vie toute cousue. En plus, on ne se comprend pas, on ne raisonne pas pareil. Quand elle est là, je trouve qu'on a une petite vie. Quand elle part au bout du monde, je suis jaloux de ses voyages. Je suis complètement paumé, en fait. Franchement, ça m'ennuie, mais je ne suis pas loin de te donner raison sur pas mal de choses.

— Comme tu vois, je ne triomphe pas. Je regrette simplement que tu ne l'aies pas compris avant. Avant Malo, j'entends.

— Malo est une merveille. Et Leïla est adorable, je n'ai rien à lui reprocher. Mais c'est l'ensemble qui… qui pèse lourd.

— Belle découverte, mon grand.

— Tu vois, tu ironises !

— Pas là-dessus. Moi aussi j'ai eu une femme, moi aussi j'ai eu un fils, je te rappelle.

— Merci de ne pas l'oublier.

— Là, c'est toi qui es caustique. Je te dis simplement que moi aussi, j'ai aimé. Que moi aussi, je t'ai vu naître, avec émerveillement. Mais c'était un autre temps. La fin d'un monde.

— Qu'est-ce que tu proposes ?

— Moi ? Mais rien. Je t'ai prévenu, à ma façon. À présent, sois cohérent et va jusqu'au bout. Ton fils est là, il est beau, tu l'aimes, c'est déjà beaucoup. Grandis avec lui, puisque vous en êtes visiblement au même point.

— Et Leïla ?

— Fais tout ce qui est en ton pouvoir pour la garder. Vous avez fait un enfant ensemble, merde, ce n'est pas rien, tout de même. Tu connais ma devise…

— « Ne jamais avoir à regretter de ne pas avoir tout tenté. » Tu me l'as tellement serinée, celle-là…

— Pour une fois, réfléchis-y et prends-la à la lettre. Ne pas réussir, ce n'est rien, tant qu'on a essayé. Tu réussis ou tu échoues, c'est égal, mais au moins tu en as le cœur net et de cela tu peux être fier, quoi qu'il advienne. L'horreur, c'est de se dire : « À ce moment-là de ma vie, j'aurais pu le tenter et je ne l'ai pas fait… » Et cela, ça te poursuit jusqu'au bout, crois-moi.

— Ça sent le vécu.

— C'est vrai.

— Maman ?

— Oui, ta mère. Si j'avais insisté davantage, si j'y avais cru, si j'avais vraiment tout tenté avec elle, elle ne m'aurait pas quitté pour ce connard de prof de théâtre... C'était tellement gros que je ne l'ai même pas vu venir ! Et surtout, elle ne m'aurait pas laissé devenir ce que je suis : un vieux con qui râle, tout seul dans son coin.

— Et qui a souvent raison.

— Oui, sauf sur l'amour. L'amour survivra aux décombres. Les gens se tiendront encore la main sous les tsunamis, ils se feront des serments dans les cimetières, ils se jureront fidélité dans la mort. C'est plus fort que nous, ça, c'est plus fort que l'humain. Comme la mort.

— Toujours aussi gai...

— Toujours aussi réaliste. Essaie, Jean, essaie avec Leïla. Il sera toujours bien assez tôt pour constater que c'était vain. Mais d'ici là, essaie d'y croire. Pour Malo. Tu sais, il peut y avoir une douce poésie dans le quotidien. Quelque chose de ténu, de douillet, de précieux. Et cette poésie m'a manqué, crois-moi. Rien de grand, rien de majestueux. Mais une douce poésie qui vaut la peine d'être vécue. Tu te souviendras ?

Je regarde le téléphone, hébété, et raccroche juste avant qu'il ne m'entende pleurer. Il suffira de lui dire que la ligne a été coupée, que c'est ça les nouvelles technologies et que, décidément, tout fout le camp.

La parole est au Vieux

7

Mon père était bordelais. Quand, cinq ou six ans après la guerre, il a eu trois sous en poche pour se trouver un coin de paradis et y bâtir une maison, c'est sur l'étang de Lacanau que son choix s'est porté. Aux baisemains d'Arcachon, au snobisme du Pyla, il a préféré la nature vraie de ce bout de lac alors peuplé de quelques résiniers – l'histoire dit que pour y parvenir, la route n'étant pas goudronnée, sa 202 s'ensablait jusqu'aux moyeux. Depuis, quelques villas se sont construites, quelques cabanes de pêcheurs aussi, certes, mais avec parcimonie, et les confins de l'étang sont restés sauvages. Les chasseurs y ont leurs « tonnes » au ras des flots saumâtres, les poissons y sont chez eux – brochets, goujons, anguilles, tanches taquinés au matin par des barques immobiles – et l'on est loin, ici, des faunes mondaines qui gloussent et goûtent ensemble de cannelés sauvés des sables.

Bien lui en a pris. J'ai récupéré la maison de bois au pied de la dune de Longarisse, parmi arbousiers, genêts et mimosas, et le moment que je vis là, maintenant, je le lui dois. C'est la fin de la journée, la meilleure heure, celle où l'odeur de vase se mêle au fumet des premiers barbecues. Campé dans l'étang comme un échassier, de l'eau jusqu'à la taille, les pieds s'enfonçant dans les débris de joncs, je regarde autour de moi. Pas de grands noms en Lacoste, mais des Martin et des pêcheurs, les uns pique-niquant sur une table pliante, les autres lançant leur hameçon. Un bateau au plastique chaud immatriculé LAC040675. Une planche à voile baptisée *Saint-Tropez* – voilà donc où vient se nicher le mythe de Bardot et consorts. Un hors-bord clapotant, son taud délavé lui faisant un foulard de colin-maillard. Et le soleil de juin par-dessus tout ça. Le soleil se trouvant beau, se mirant dans cette vaste psyché bleu argent, se servant des pins, l'air de rien, pour peigner ses derniers rayons, les lisser, les dorer et les plonger dans l'eau une dernière fois jusqu'à la pointe, dans un luxe coquet de poudre rose et de nuages ronds comme des cotons démaquillants.

Qu'on m'enlève tout, qu'on me dépouille, qu'on me vole bibelots, meubles et biens (sauf la Lionne), mais qu'on me laisse ce trésor. Qu'on me prenne tout, d'accord, mais pas ça. Pas cette maison de bois cernée d'écureuils, bercée par la rumeur lointaine de l'océan, pas ce lac aux allures scandinaves que Vadim, justement, avait choisi pour adapter le *Château en Suède* d'une autre Tropézienne, Sagan, toujours elle. Si le monde doit s'arrêter, alors je m'arrêterai avec lui, mais ici, avec l'essentiel de ce qui l'a façonné : de l'eau dans ma bouilloire et dans mon lac, du feu dans la cheminée et dans mon cœur, de la terre en veux-tu en voilà, du vent à foison, du ciel à l'infini, des poissons à manger, du gibier et des heures à tuer. Je prends froid et je m'en fous, j'ai la peau qui se hérisse, granuleuse et blanche, mais je ne suis pas une poule mouillée, je baigne dans la quiétude d'une étrange complicité : le monde et moi sommes deux truands en cavale, liés par des menottes, poursuivis par le temps. Et si d'aventure, acculés, nous devons sauter dans le vide, ce sera ensemble.

En attendant ce dénouement, j'ai rendez-vous au téléphone avec Jean – à 20 heures précisément, comme tous les dimanches. J'ai le loisir de passer chez Fernandez d'un coup de vélo pour y acheter des aubergines, le meilleur légume du monde. Un peu de vin rouge, aussi. Des tomates. De la mozzarella di bufala, cela va de soi. Du basilic. Des brugnons.

M. Fernandez a perdu ses cheveux mais c'est le même qu'il y a trente ans, en plus rond. Sa femme n'a pas bougé non plus, c'est un arbuste sec qui n'offre pas de prise au vent. Seule sa figure a changé : de son corps juvénile on a dévissé sa jeune tête pour la remplacer par une tête plus vieille, avec des rides, des lunettes et une permanente ratée. C'est la règle du jeu, elle ne va pas s'en tirer aussi facilement. J'évite les titres qui s'étalent à la une des journaux, moins j'en sais, mieux je me porte. Je ne veux rien connaître de ce que font les hommes en ce bas monde. Je suis l'un de ces hérissons des alentours qui traversent la route sans se faire aplatir – du moins pour le moment.

Au retour, le chemin des mûres serpente entre les troncs, ça sent l'écorce et la mousse, le garde-boue vibre au gré des bosses formées par les racines. Je connais la moindre d'entre elles. Je pédale vite pour mon âge, j'évite les pommes de pin mais, alors que je pénètre dans le jardin, mon panier tremblotant devant le guidon, la sonnerie du téléphone est déjà en train de retentir.

— Allô.

— Holà. Tu as l'air essoufflé.

— Je descends de vélo, j'étais chez Fernandez.

— Respire un peu, quand même.

— Tu rigoles? Tout va bien. À côté de moi, Anquetil est un vieillard.

— J'espère pour toi, parce qu'il est mort depuis longtemps, papa.

— Oui, oh, bon, ça va, Anquetil et Bobet resteront mes références, que veux-tu! Pour moi, les grands champions sont immortels.

— Alors tu es immortel et, ça, c'est une bonne nouvelle!

— Rigole. Je te dis juste que je ne suis pas fatigué. Et qu'avec mon Peugeot sans vitesse, je cloue sur place tous les cons casqués en tenue de torero qui gigotent sur leurs grosses bécanes à pneus cloutés.

— Ça s'appelle des VTT.

— Peut-être, je ne dis pas.

— Autrement, ça va, toi?

— Tout va bien. Dans ma cabane au fond des bois. Avec les objets essentiels au-delà desquels tout est devenu superflu, tu sais ? Une paire d'espadrilles pour marcher un peu, un bon vélo pour aller plus loin, un Solex pour aller encore un peu plus loin, la Lionne pour les courses au Porge à travers la pinède. Une chaise longue. Tous ces objets géniaux, simplement utiles. De quoi me vêtir, m'abriter, faire du feu, me chauffer, cuire ma nourriture, explorer les territoires les plus proches. Robinson version bien rasé. Que demander de plus ?

Silence. Friture au bout de la ligne. Je laisse flotter. Parce qu'il ne réagit pas à ma traditionnelle tirade de solitaire heureux, parce qu'il me ménage un peu trop gentiment pour être honnête, je sais que Jean a quelque chose à me demander. Et ça ne manque pas. Très vite, il mord à l'hameçon.

— Papa, j'ai un gros service à te demander.

— Je t'écoute.

— Tu pourrais me garder Malo pendant le mois d'août ?

— Hein ! ?

Cela m'est sorti tout droit des tripes. Comme un rot. Après tout, on est sauvage ou on ne l'est pas. Pour un peu, je ferais tournoyer ma massue en sautant sur place. Dieu merci, la diplomatie reprend vite le dessus.

— Tu plaisantes, j'espère.

— Papa, Malo a six ans. Il a le droit de partir en vacances. La mer lui fera le plus grand bien.

— Alors, là, je suis d'accord. Mais précisément, il a une mère. Et un père, jusqu'à preuve du contraire.

— On ne peut pas faire autrement. Leïla va au Maroc voir sa famille et tu n'ignores pas que ça bouge là-bas, en ce moment.

— Si, je l'ignore, justement.

J'entends un soupir.

— Papa, si tu lisais les journaux, tu saurais qu'à Rabat il y a des insurrections populaires, que ça sent le roussi, que le roi se terre dans son palais, qu'il se passe exactement ce qui s'est passé en Tunisie, en Libye, en Syrie…

— Pas au courant.

— Eh oui, forcément. C'est la limite du système. La limite de ta philosophie d'ermite.

— Ma philosophie, c'est la mienne, alors merci de lui foutre la paix, tu veux bien ? Et réponds-moi plutôt : et toi, en août, tu n'es pas libre ?

— J'ai une piste dans une nouvelle agence. Ils me testent pendant l'été, c'est de bonne guerre, ça se passe souvent comme ça. Je ne peux pas me permettre de rater le coche. Il y a trop longtemps que je cherche.

— Tu me fais marrer, aussi… Tu étais obligé de tout quitter d'un coup ? Ta compagne, ta boîte, ton appartement ?

— On en a déjà parlé, papa. Leïla et moi, ça ne pouvait plus durer. Avec ses reportages permanents à l'autre bout du monde, il y a bien longtemps qu'on ne parlait plus le même langage. À la longue, je me suis senti exclu, de tout, de sa vie, de son cercle de copains journalistes, tous tellement « baroudeurs », tous tellement « passionnants »…

— Ça d'accord, mais le reste ? Tu n'étais pas forcé de tout lâcher d'un coup, excuse-moi !

— Attends, contre-attaque Jean, ce n'est pas toi qui me disais sans cesse qu'il fallait aller au bout des choses ? S'engager ? Décider ? Trancher ? « Tout, sauf la tiédeur », « tout, sauf ne pas prendre parti », je t'entends encore ! Tu devrais être content, non ?

Cette fois, la moutarde me monte aux naseaux.

— Content ? Je ne dirais pas ça, non. Tu viens de rappeler à juste titre que Malo a six ans. Je le sais aussi bien que toi. Tu veux que je te rappelle les faits ? Six ans que Leïla m'interdit de voir mon petit-fils comme je le voudrais, sous prétexte que je suis un vieux con, un vieux réac encroûté qui enfonce ses idées rances dans sa petite tête d'enfant ! Six ans que chaque visite est programmée, évaluée, soupesée, que je n'ai même pas le droit de voir Malo chez moi, mais toujours ailleurs, dans un musée, un restaurant, et encore, une fois par mois ! Six ans que Madame me juge, me met plus bas que terre, que je suis traité comme un pestiféré ! Je ne suis pas un grand-père, je suis un grand paria ! Et six ans que tu ne dis rien ! Et maintenant vous m'appelez, la gueule enfarinée, pour que je garde le petit ? parce que ça vous arrange ? parce que, soudain, le vieil ours est paré de toutes les vertus ? Merde alors !

— Pestiféré… Tu n'en fais pas un peu trop, là ?

— Tu plaisantes ? Au début, je suis venu… J'y croyais… Mon unique petit-fils, mon « petit gigotin », comme je l'appelais.

— Ah oui, « gigotin », je me souviens, sourit Jean au téléphone.

— Il gigotait des pieds et des mains dès qu'il voyait son biberon. Ça me faisait pleurer de rire… et d'émotion, aussi. Il y avait tellement de vie en lui.

— Justement, il fallait continuer !

— Le problème, c'est que ça s'est gâté quand tu as quitté ton foyer, Jean. J'ai vraiment essayé d'amadouer Leïla, mais elle te punissait à travers ma personne. Moi, je voulais juste être un repère pour le petit, un appui, alors je lui apportais des bonbons, avec des fleurs pour sa mère, et même des macarons de chez Saibron. Mais dès que je voulais emmener Malo au musée, elle disait qu'il n'avait pas besoin d'aller voir des « vieilleries sous la poussière ». Qu'est-ce que j'y peux, moi ?

— Quels musées ? demande Jean pour calmer le jeu.

— Je ne sais pas, les Invalides, le musée de l'Homme, le musée de la Marine, les classiques, quoi.

— Justement… Et Leïla ? Tu t'es intéressé à elle ? à son métier, à ses reportages ?

— Penses-tu ! Je n'ai pas arrêté ! Elle se dérobait. Un jour, je lui ai même apporté mon Leica, c'est la seule fois où je l'ai sentie s'intéresser un peu…

— Tu lui as parlé de toi ?

— Jean, tu ne comprends pas. Le courant n'est jamais passé entre Leïla et moi. C'est comme ça. Alors je n'ai pas insisté. Je me suis endurci. Je me suis forcé à ne pas trop m'attacher à Malo. J'ai repris mes distances. Elle a eu ce qu'elle voulait, j'imagine. Et toi aussi. Sinon, tu aurais réagi.

— Quoi ? Mais qu'est-ce que tu voulais que je fasse ?

— Mais que tu te comportes en homme, bordel ! Que tu dises non, non et non ! À force de ne plus être machos, vous êtes devenus manchots, ma parole, toi et les hommes de ta génération ! Vous avez perdu vos épaules, vos couilles et surtout votre orgueil, ce qui est encore pire ! Et vous n'avez rien compris aux femmes ! Quoi qu'elles en disent, à un moment, elles ont besoin de s'opposer, de buter contre quelqu'un, en l'occurrence ce truc un peu solide et bien planté qu'on appelait un bonhomme, autrefois.

— C'est vrai que toi, ta femme, tu l'as tellement bien comprise ! À coups de gueulantes, de rigolades avec tes potes et de petites aventures occasionnelles.

— Qu'est-ce que tu racontes, ça n'a rien à voir !

— Oh que si ! Jamais un coup de main, mais des baffes, ça, oui. Tu l'as tellement bien comprise qu'après t'avoir quitté elle a aussi quitté la vie. Pour de bon. En mourant de chagrin. Tu sais très bien que son théâtreux n'était qu'un prétexte pour te faire réagir. Mais toi, évidemment...

— Ta gueule !

En même temps que je criais, j'ai raccroché. Mon cœur explose, mes joues me brûlent, j'ai la voix sèche mais les yeux pleins d'eau, le corps en sueur. Assis sur un siège en rotin, je fixe ce téléphone en espérant de toutes mes forces qu'il se remette à sonner. Ou qu'il se taise à jamais. Les minutes passent. Enfin, ça sonne. Je me jette sur le combiné. Dans la précipitation, le fil en tortillon se tend d'un seul coup et renverse la lampe, me plongeant dans la pénombre. Tendu, je le suis aussi, c'est le moins que l'on puisse dire. Je n'ai pas le temps de prononcer un mot que…

— Pardon.

— Tu peux. Tu m'as fait beaucoup de peine.

— Faut dire aussi que…

— Je sais. Simplement, je n'ai jamais oublié ce fameux mercredi après-midi avec Malo. Tu te souviens ? Je t'avais raconté…

— Oui, tu me l'as déjà raconté, mille fois.

— Quand Malo m'a regardé avec cette dureté qu'ont parfois les enfants, s'est écarté de ma main. J'entends ses mots : « Maman, elle m'a dit… "Grand-père ne doit plus te toucher, plus jouer avec toi, plus te faire à manger." »

— Ce sont des mots d'enfant…

— Et « Je ne t'aime plus », ce sont des mots d'enfant ?

— Il répète ce que lui dit sa mère. Elle ne te porte pas dans son cœur, tu le sais. En même temps, tu n'as pas tout fait pour…

— Toi, tu aurais pu intervenir. Tu es le père de son fils.

— Papa, ce n'est pas si facile de s'opposer à Leïla. Elle a le droit pour elle. C'est moi qui suis parti. Et il faut la comprendre. Elle a eu peur que je la trompe pendant ses reportages, comme elle subodorait que tu l'avais fait avec maman. Elle a eu peur que je la quitte. Admets que la suite lui a donné raison.

— Peut-être, mais il faut faire la part des choses. Je ne suis pas un saint, je ne l'ai jamais été, ce n'est pas pour cela que je ne suis pas un bon grand-père. Cet enfant, j'ai des choses à lui apporter, à lui transmettre. Au lieu de quoi, je dois me contenter de rendez-vous qui ressemblent à des visites de parloir. Et à quelques photos pour le nouvel an.

— Toi et ton caractère, aussi ! Et tes vieilles lubies ! Leïla n'est pas une femme du passé, c'est une femme d'aujourd'hui ! Tu lui fais peur, mets-toi à sa place !

— Je ne suis pas un homme d'une autre époque, c'est à elle de se mettre à ma place. À soixante-dix-sept ans, j'ai la faveur de l'âge, alors elle me doit le respect et la tolérance. Tolérance, c'est bien un mot que vous avez tous à la bouche, non ? Jusqu'à la nausée, jusqu'à la faiblesse, jusqu'à la contrition permanente. Alors, passez à l'acte.

— Toujours aussi souple…

— Mais quoi ? Leïla et toi vous êtes la preuve vivante que je suis dans le vrai ! S'il n'y avait qu'une raison de me conforter dans mon attitude, c'est vous ! Une vague relation, un vague engagement par défaut, une vague conscience politique, spirituelle, philosophique, une séparation plus que prévisible aux premières anicroches, et, malgré tout, comme un vague gage d'amour, un gamin, mais pas vague celui-là, en chair et en os ! Pas étonnant que je me sente redevable de quelque chose envers lui. Il est le fils de mon fils, qu'on le veuille ou non. En retour, j'ai des miettes.

— Redevable ? Comme tu y vas. Si tu ne t'enterrais pas vivant dans tes certitudes, tes vieilles rancœurs, ta haine de l'époque, ce serait peut-être plus facile de te faire participer à nos vies.

— Eh bien soit, je te prends au mot. Le mois d'août me paraît être une très bonne occasion.

— Pardon ?

— Je te dis que c'est d'accord pour août, crétin. Évidemment. Ce sont vos contradictions qui me débectent, pour le reste, on verra bien.

— Sûr sûr ? Je peux prévenir Leïla ?

— Oui. Mais d'ailleurs, à propos de Leïla... Elle ne craint donc plus de laisser son cher petit bambin civilisé entre les pattes de l'homme des bois, ce monstre de certitudes dépassées et d'idées périmées ? Quelle indulgence ! Quelle ouverture d'esprit ! Il faut vraiment qu'elle ne puisse pas faire autrement.

— Vas-y, fais-toi plaisir, tu as la main...

— Excuse-moi, mais ça soulage. Avoue que je l'ai bien mérité, non ? À force d'avaler des couleuvres, c'est un vivarium que j'ai sur l'estomac.

— Alors recrache des couleuvres, tu veux, pas des chapelets de vipères.

— Amen.

Silence religieux.

— Ah ! Au fait, papa, question pratique... Il y a toujours une salle de bains dans ta grotte ? Il y a si longtemps que je suis venu...

— Qu'est-ce que tu crois ? Avec eau chaude et eau froide. Il y a même le chauffage central, mais on n'en aura pas besoin, il fait bon, déjà.

— Et une chambre pour le petit ?

— Un palace. Lit, oreiller, couverture…

— Pas de couette ?

— De quoi ?

— Laisse tomber.

— Et puis, il y a une table, une chaise. Fernandez doit avoir du papier et des crayons de couleur, Malo va se régaler.

— Un Frigidaire ?

— Oui, avec bac à glaçons.

— Waouh ! Un congélateur ?

— Pas de surgelés chez moi.

— Donc pas de micro-ondes.

— Tu veux une gifle ?

— Et bien sûr, tu n'as pas la…

— La… ?

— La télé ?

— La télé ?

— Oui, tu sais, cet appareil rectangulaire avec des images dedans qu'on désigne communément sous le terme de télévision. Rappelle-toi, tu en as une chez toi ! Avec des DVD en plus !

— Et puis quoi encore ? Pourquoi pas le Kinopanorama dans le jardin ?

— Des jeux ?

— Non. Si ! Un jacquet. Qui fait aussi jeu de dames.

J'entends un rire au bout du fil, puis :

— Même pas une petite PS3 ?

— Fous-toi de moi. Je ne sais pas ce que c'est, mais j'imagine. Je les vois, dans la rue, les petits abrutis agités du pouce. Non, rien de tout ça. Mais ne t'inquiète pas, on va bien s'amuser.

— J'en suis sûr, papa. Merci, en tout cas. C'est moi qui l'amènerai, par le train. Je te rappelle pour voir comment on s'organise.

— Juste… Qu'est-ce que ça mange, un enfant, enfin, qu'est-ce qu'il mange ?

— Tu ne te souviens pas ? Ce n'est pas toi qui me préparais ma petite bouillie ?

— Très drôle…

— Je te dirai. Je te donnerai une liste.

— Parfait.

— Bon, eh bien, je crois qu'on a fait le tour… Au revoir, papa. Et merci, surtout. Je t'embrasse.

— Je t'embrasse, fiston. Eh, au fait : tu as eu raison de prendre ces décisions. Tout sauf la tiédeur, ça tient toujours. Je suis fier de toi.

— Merci. À très vite, je te rappelle.

Les derniers rayons enflamment le haut des pins. Je me sers un verre de rouge, un petit château très bien, un médoc pas trop connu. C'est vrai, en plus, que je suis fier de mon fils. Cette façon qu'il a eue de faire des choix. De se prendre en main, enfin. De couper les branches mortes. De quitter cette emmerdeuse égoïste, d'abord. De quitter cet appartement étriqué de petit-bourgeois, ensuite. Et de terminer par le bouquet final en quittant son agence de peigne-culs et surtout, surtout, l'adjudant-chef en jupon qui lui servait de patronne – il m'a tout raconté ! Comme j'aurais aimé être une petite souris le jour où il est entré sans frapper dans le bureau du monstre, en pleine réunion avec des clients, avant de lui dire devant témoins : « Tu vois, Astrid, voilà, c'est aujourd'hui que je te plante, toi et ta gueule de mérou, tes rêves de gloire dans *Stratégies* et ton jargon à la con. Mais rassure-toi, tu ne restes pas seule, avec toi il y aura toujours la prétention, la connerie, le mépris et la méchanceté pour te tenir chaud. Sans oublier ces malheureux clients ici présents qui croient encore à tes salades et sont prêts à payer des fortunes pour un concept fumeux auquel personne ne comprend rien. Allez, ciao ma grosse ! Je te laisse avec tous ces cons ! »

J'adore cette histoire. Je me la repasse en boucle, je ne comprends pas tous les mots, mais j'adore. En plus, il a repris mon idée, il leur a fait le coup du métro bondé, un régal ! Après quoi, il a refermé la porte sans la claquer, délicatement, sous l'œil de l'assemblée médusée. Puis il est allé se jeter un Jack Daniel's au bistrot d'en face, m'a téléphoné et m'a lancé : « Ça y est, papa, je l'ai fait ! » Un vrai gamin. Avec la naissance de son fils, un père accouche souvent de lui-même. Si un seul voit le jour, les deux voient la lumière. Vivement le mois d'août.

8

Août crépite et craque de partout comme un vernis doré sous le soleil. Même l'eau de l'étang, tiède et jaune, semble s'être réchauffée et colorée de tout cet or fondu, déversé au fil de l'été. Les animaux ne sortent qu'entre chien et loup – ragondins affairés, écureuils en mission. Seuls les lézards se régalent sous le feu. Moi-même, je ne mets un pied hors de ma tanière que le matin et au déclin de l'après-midi, à l'heure des retours de plage des vacanciers qui passent au large du jardin, mais que j'aperçois serviette mouillée autour du cou et pieds prudents sur les aiguilles de pins. L'autre soir, j'ai bien noté l'alignement de camions de camping du côté de la pointe du Grand Bernos. On dirait des escargots géants posés sur les corps gras de leurs occupants. Ça bave d'envie devant les belles maisons. Ça cogite de l'antenne radio. En sandales et short, la révolution n'est pas près d'être en marche. Tant pis pour eux. À moins qu'ils ne soient heureux, ces gens, c'est possible après tout. En fait, je m'en fous. Du moment qu'ils ne viennent pas troubler mes longueurs d'onde à moi, ces douces émissions sonores produites à longueur de journée par le lac : lointains moteurs de barcasses, claquements de voiles, cliquetis de haubans, le tout sur fond de vent, léger, trop léger, dans les cimes.

Quand j'ai entendu la voiture, il a bien fallu que je m'arrache à ma pénombre. Au volant de son œuf roulant – une horreur informe de plastique chaud et de matériaux composites –, Jean est à la manœuvre pour passer l'étroit portail. Le gamin est assis derrière, visiblement anxieux. Enfin, le silence reprend ses droits. Les portières s'ouvrent, retrouvailles, trois générations s'embrassent sur les deux joues.

— Quelle est cette chose ?

— Je l'ai louée à Bordeaux, à la descente du TG... du train à grande vitesse. C'est un Scénic. Très pratique.

— Un Scénic ? Avant les voitures avaient de jolis noms : Frégate, Caravelle, Dyna, Floride... et des visages aussi : il y avait des calandres qui souriaient, d'autres qui faisaient peur. Selon les phares, elles avaient des yeux ronds, des yeux bridés...

— Que veux-tu, du moment que ça roule.

— Avant, ça roulait aussi, et en plus c'était joli.

Mon fils ne m'écoute plus. Penché à s'en casser le dos, il est à l'écoute du sien.

— Papa, tu aurais un verre d'eau ? ou de lait ? Malo a très soif, il fait chaud.

— Ah mais oui, bien sûr ! J'ai du lait pour mon thé. Et même de la grenadine. Ou de l'Antésite, s'il aime la réglisse.

Mon fils glousse :

— Antésite… comme antédiluvien ? J'en avais déjà quand j'étais petit ! Et toi aussi, je pense !

— Il n'y a rien de meilleur.

— Rien de meilleur, ça aussi je l'ai toujours entendu. Rien de meilleur, comme les os de poulet, la couenne de jambon et le noir des bananes !

J'en suis quitte pour un rire entendu. Nous nous attablons. Je regarde mon petit-fils engloutir le verre de lait.

— Il a grandi, dis donc. Pleine forme. Beau gaillard. C'est ton portrait.

— Enfin, il a la tignasse brune de Leïla. Son sourire, aussi.

— Son sourire, c'est tout moi. La moustache blanche en moins. Ah mais non, la voilà !

Le lait, avec les enfants, ça ne pardonne pas. Malo en a une trace régulière, parfaitement horizontale, au-dessus des lèvres. L'enfant se détend.

— Ça va, mon grand, tu aimes ça ? Après, je te montre ta chambre.

Pas un mot, mais le regard y est. Il acquiesce, encore craintif.

— Je ne vais pas tarder, me dit Jean.

— Quoi, déjà ? Tu ne restes pas un peu ?

— J'ai mon train ce soir, il faut que je prépare des dossiers demain, j'attaque lundi.

— Malo a bien une valise ?

— Oui, oui, dans le coffre. Tu as raison, je serais capable de l'oublier.

— Et sa mère ?

— Au Maroc, comme je t'ai dit. Déjà partie. Je ne pense pas qu'elle va te harceler d'appels, mais peut-être qu'une fois ou deux, elle voudra parler à son fils.

— Les mères modernes…

— S'il te plaît, ne commence pas. Et surtout pas devant le petit.

— Il a tout ce qu'il faut ?

— Oui, oui, vêtements de rechange, maillots de bain, serviette, trousse de toilette, de la crème solaire… Surtout n'oublie pas la crème. Et puis un chapeau, tout le temps. Et ses bouées. Ne le quitte pas des yeux quand il est dans l'eau. Ça, c'est le plus important. Et puis les lunettes de soleil… il doit mettre ses lunettes de soleil.

— Et puis quoi encore ? C'est un enfant, pas Gary Cooper au Festival de Cannes !

— Papa, je t'en supplie.

Je me retourne vers Malo.

— Tu aimes faire des châteaux de sable ? Tu vas voir, on va en faire plein, on va bien s'amuser !

Mon petit-fils me lance un regard indulgent. C'est moi qui me sens enfant, tout à coup, avec mon enthousiasme fabriqué. Jean n'en est pas dupe et, comme s'il voulait ne pas faire durer le supplice, le voilà qui se lève, déjà.

— J'ai de la route. Lacanau-Bordeaux, un samedi soir, ça peut être méchant. Et puis, j'ai la voiture à rendre, les paperasses, tout ça…

— Je comprends. Même pas le temps de piquer une tête ? Elle est sublime !

— Je sais, mais non, il faut vraiment que je file. Je t'appellerai souvent, à 20 heures, comme toujours.

— D'accord. Ah, au fait, il mange de tout, hein?

Jean sourit.

— Oui, oui, sauf les endives et le rutabaga. Je sais que c'était un délice sous les bombardements, mais il n'a pas une passion pour le rutabaga.

À la guerre comme à la guerre, les grandes manœuvres reprennent, mais cette fois-ci en sens inverse. La voiture a été déchargée, la séparation a été sobre, sans grandes phrases ni effusions. Un bon point pour Malo : il n'a pas versé une larme. Ni pleurs, ni morve, ni cris, rien. Debout à côté de mon petit-fils, je lui passe une main dans les cheveux pour lui signifier que c'est bien, un garçon, ça ne pleure pas. Mais alors que disparaît la voiture au coin de l'allée gravillonnée, apparaît en moi une angoisse : me voici seul dans cette maison silencieuse, exactement comme ce matin, exactement comme hier, à ceci près qu'un petit garçon de six ans lève à présent son visage vers moi, avec dans les yeux toute l'attente du monde – quelque chose qui tient du défi, quelque chose de vertigineux.

— Tu veux voir ta nouvelle maison?

Comme souvent, il fait oui du menton, sans un mot, l'air grave. Je lui tends la main, il ne la prend pas.

— Allez, viens! On va commencer par ta chambre.

En découvrant la petite pièce percée d'une fenêtre, meublée d'un lit, d'une table, d'une chaise, d'une commode à trois tiroirs et d'un tapis rouge, Malo reste sans réaction. Seule la vue d'une maquette de bateau à voile éclaire son visage.

— Il est beau, hein ? Tu peux le prendre, si tu veux. C'est du magnifique travail, tout en bois. Regarde, là, il y a la cabine, le gouvernail, et ça, ça s'appelle la bôme… Il te plaît ?

— Oui.

— Tu sais comment il s'appelle ? *L'Intrépide* !

— Ça veut dire quoi ?

— Qu'est-ce que ça veut dire ?… Ça veut dire « courageux ».

— Il flotte ?

— Non, c'est pour décorer. On en fabriquera un qui flotte, tu veux ?

Il semble déçu.

La visite se poursuit. Dans la salle de séjour, la table massive, les fauteuils en rotin aux coussins délavés, les marines aux murs, les assiettes de porcelaine accrochées en quinconce ne provoquent chez lui qu'un regard indifférent. En revanche, cela m'amuse que Malo trouve « zolie » l'horrible carpe en céramique qui trône sur la cheminée – un cadeau de mariage dont le seul bon goût consisterait à tomber de son piédestal. « Zolie », c'est d'ailleurs le qualificatif que lui inspirent aussi les portraits de sa grand-mère, et je ne sais pas très bien si je dois le prendre comme un compliment.

— Jo… Jolie. Pas zolie. Enfin si, jolie, mais pas zolie. Essaie de bien prononcer le « j ».

— Zolie.

— Jolie.

— Zolie.

— D'accord. Tu as vu, Malo ? À l'époque, les photos étaient souvent tirées en noir et blanc. C'était zoli, non ?

Gagné. Il rigole d'un sourire édenté, le pirate.

À la cuisine, c'est l'énorme Frigidaire d'hôtel, la Cadillac du froid, qui cette fois, suscite chez Malo un étonnement circonspect. Trop content, je m'engouffre dans la brèche pour y aller de nouveaux commentaires.

— Tu vois, ça, c'est un vrai Frigidaire. Frigidaire, c'était une marque tellement connue qu'après les gens ont appelé Frigidaire tous les réfrigérateurs, même quand ce n'était pas des Frigidaire, tu comprends ?...

Il ne comprend rien et je le comprends. J'essaie de lui venir en aide.

— C'est comme les Kleenex. Ou les Mobylette.

— C'est quoi les mobibêtes ?

— Mobylette, pas « mobibêtes ». Moby Dick, ça, oui, c'est autre chose. Une baleine, tu te rends compte ! Il faut que tu lises Herman Melville, c'est fabuleux! Moby... lette, pas « bête », d'accord, mon grand? D'autant que rien n'est moins bête qu'une Mobylette, au contraire, c'est génial! Mais je préfère le Solex, qui fait moins de bruit – on n'a jamais fait mieux que le moteur à galets. Et puis on ne dit pas « c'est quoi ? », ce sont les grenouilles qui font « côa », on dit « qu'est-ce que c'est? », c'est plus joli, pardon, plus zoli.

Là, Malo me regarde, tétanisé, avec des yeux ronds comme des billes. Les Frigidaire et les Kleenex, passe encore, mais entre les baleines, les grenouilles et les galets, je sens mon petit corsaire complètement à la dérive. Pour bien se faire comprendre, le vieux capitaine va devoir travailler encore un peu.

Le garage m'en donne l'occasion. Malo trottine derrière moi.

— Où on va ?

Je le reprends :

— Où va-t-on.

Il répète, sans piger.

— Ouvaton ?

— Au garage.

— Au garaze ?

— Au garage. Mais ne t'inquiète pas, j'ai saisi, c'est à cause de tes dents de devant qui manquent. Quand elles auront repoussé, tu diras « garage », comme tout le monde. J'espère au moins que la petite souris est passée ?

— La souris de l'ordinateur ?

— Mais non, la petite souris blanche, la vraie !

— Pourquoi ?

Je m'arrête, sidéré.

— Mais à cause de ta dent ! Quand une dent tombe, la petite souris passe et elle laisse un franc ou deux !

— Un franc ?

— Un euro ! Un peu d'argent, quoi !

Il ouvre une grande bouche de rainette sur son nénuphar :

— Côa !

— Sois insolent, en plus, dis-je en retenant d'autant plus difficilement mon rire que lui n'y parvient pas.

— Tu fais la grenouille! lance-t-il, hilare.

— Merci, j'avais compris, prends-moi pour un demeuré.

Son sourire tombe d'un coup.

— La souris qui donne des sous, ça n'existe pas. C'est comme le père Noël.

— Qui t'a dit ça?

— Maman.

— Eh bé... c'est gai, ne puis-je m'empêcher de murmurer, plus effondré que lui.

La porte du garage force un peu. À peine ouverte, un long museau noir apparaît en même temps qu'une gueule de métal surmontée de deux yeux doux : la Lionne. Malo laisse échapper un « Ooooh! ». Deuxième bon point.

— Tu la reconnais? On fera un tour plus tard, tu veux?

— D'accord.

— Mais tu iras derrière, tu es trop petit pour aller devant.

— D'accord.

— Regarde, c'est la caverne d'Ali Baba! Là, il y a mon vélo, une carriole, et là, un jeu de quilles en bois... Tu vas aimer, ça! On n'en fabrique plus d'aussi beaux. Je le sortirai, on fera des parties.

— Et ça?

— Holà, ça, c'est la porte de ma chambre. La chambre de grand-père! C'est trop en désordre pour visiter.

Il me supplie.

— Alleez !

— Non, c'est vraiment trop le bor… vraiment trop le désordre.

— Alleeez !

Impossible de ne pas céder. Mais c'est la dernière fois.

— Tu jettes juste un œil, hein ?

Ma chambre-bureau, mon repère et mon repaire, est une cabane bancale dont le plafond semble ne tenir que grâce aux colonnes de magazines qui en font le tour : *Jours de France*, *Paris Match* (le plus récent : mai 68), *L'Illustration*… Autant de piliers instables grimpant parmi pots de peinture (ou de confitures), outils multiples, tubes de mastic (ou de dentifrice), collages en cours, réparations en chantier, vêtements sales et réveille-matin démontés. Une horreur ! Mais un parfait contre-exemple, dont c'est le moment de tirer un parti hautement pédagogique.

— Tu vois, grand-père a eu trop de choses à faire, il n'a pas eu le temps de ranger. Mais il ne faut pas faire comme grand-père, hein ! Ta chambre à toi devra toujours être bien rangée, promis ?

— Promis.

— C'est bien. Allez, file. On va défaire ta valise et après, on va préparer le dîner. Ça te va comme ça ?

— Oui.

— Ah, au fait, là, ce sont les petits coins. Tu sais faire pipi tout seul ?

— Oui.

— Et…
— Aussi.

On a vidé sa valise, rangé ses vêtements dans la commode. Bien entendu, je lui ai promis des espadrilles neuves. On a sorti les draps, les couvertures, je lui ai donné des serviettes et il a voulu prendre un bain.

— Tu sais te débrouiller tout seul ?

— Oui.

J'ai laissé la porte entrouverte, on ne sait jamais. Interdiction de la fermer. Je lui ai demandé de chanter, ou de siffloter, ou de parler, le temps que je mette l'eau à bouillir pour les pâtes. Résultat garanti : vingt minutes de bataille navale avec éclaboussures et torpilles traîtresses – le savon, semble-t-il, attaquant le gant-éponge et vice versa. À présent, voilà que Malo se pointe en pyjama, victorieux, bien peigné, avec sa tête d'ange, un sourire aux lèvres, ses petites pantoufles bien parallèles sur le carrelage de la cuisine.

Je lui rends son sourire.

— Ça va ?

Acquiescement du menton.

— Tu as faim ?

— Oh oui !

— Alors va au Frigidaire et prends du fromage, on va s'en découper des petites lichettes. Je n'ai jamais compris pourquoi les gens prenaient du fromage en fin de repas, quand ils n'ont plus faim. Le fromage, c'est bon avant. Comme les lardons qu'on pique dans la poêle. C'est fait pour ouvrir l'appétit. Pendant ce temps, le chef a droit à un petit coup de bordeaux. Allez, musique !

Radio Classique nous gratifie aussitôt d'un exquis prélude de Chopin, le n° 8. Idéal pour accompagner le fromage avec un petit phélan-ségur 2006 de derrière les fagots. Malo semble intrigué par la grande casserole d'eau frémissante.

— Qu'est-ce qu'on manze ? demande-t-il.

— Ah non ! Ce sont les animaux qui mangent. Les humains dînent ou déjeunent. Ou alors ils mangent, mais quelque chose. Une pomme, un biscuit, un bout de pain. Manger, c'est un verbe transitif.

Pauvre grand-père, qui ignore qu'un enfant de six ans n'a pas la moindre idée – comme la plupart des bacheliers d'aujourd'hui – de ce qu'est un verbe transitif. Malo botte en touche, indulgent.

— Comment on dit, alors ?

— On dit : qu'est-ce qu'on a pour le dîner ?

— Qu'est-ce qu'on a pour le dîner ?

— Des spaghettis.

— Ah, z'aime ça.

— Tant mieux, mon grand. Mets donc la table en attendant (je lui désigne les placards). Là, tu as les assiettes, là, les couverts, là, les verres... Regarde, il y a un verre Tintin et Milou, tu aimes bien Tintin et Milou ?

Malo semble ne rien connaître des héros de Hergé.

— On va dire que c'est ton verre, d'accord ?

— D'accord.

Nous nous mettons à table. Malo disparaît derrière une montagne de spaghettis fumants, luisants de beurre, dégoulinants de sauce tomate et parsemés de fromage râpé. Avec entrain, prêt à attaquer, il saisit sa fourchette et son couteau comme un alpiniste son grappin et son piolet. Je m'étouffe.

— Enfin, Malo ! Les spaghettis, on ne les coupe pas. Jamais ! C'est un crime ! Les spaghettis, tu les enroules… regarde, comme ça… et ensuite, tu portes ta fourchette à la bouche, bien au-dessus de ton assiette. Tu vois ?

— Pourquoi on a un couteau, alors ?

— Pour le fromage.

— Mais le fromaze, on l'a dézà manzé.

— C'est vrai. N'empêche que les spaghettis, on ne les coupe pas.

— Pourquoi ?

— Aucune idée, mais c'est comme ça. On demandera à un Italien. Pour moi, mieux vaut couper la parole à un fâcheux que de couper ses spaghettis.

Il pige le coup, réussit à merveille ses entortillements, fourchette verticale et geste sûr – c'est à peine si une dizaine d'éclaboussures de sauce viennent maculer sa serviette nouée autour du cou. Son commentaire est sobre, mais sans appel :

— C'est bon.

Après quoi, il retourne à sa tâche (et à ses taches), appliqué et les joues rouges. Je l'observe faire, sourire aux lèvres.

— Malo, tu es pareil à la sauce des spaghettis : rouge comme une tomate, et très concentré.

Il me fait rire ce gamin, avec son pyjama de lord anglais, ses cheveux bruns un peu bouclés, en pétard, son nez un rien busqué et ses yeux caramel, astucieux, ironiques, à l'affût de tout. Il termine son plat.

— Ça t'a plu alors ?

— Oui.

— Qu'est-ce qu'on dit ?

— Merci, grand-père.

— C'est bien.

Grand-père, grand-père... Tout de même, ça fait tellement vieux. Me viennent des images de personnage chenu, voûté, avec bésicles, pipe en bois et quintes de toux interminables. Il faut trouver mieux. J'ai une idée.

— Malo ?

— Oui ?

— Tu ne vas plus m'appeler grand-père.

— Ah.

— Dorénavant, tu vas m'appeler « Grand-Paria ».

— Qu'est-ce que ça veut dire ?

— Ça veut dire grand-père... mais en plus vrai. Et en plus rigolo.

— Qu'est-ce que c'est, un paria ?

— C'est moi. Quelqu'un qui vit tout seul. Loin des autres.

— Ah. Et pourquoi tu vis tout seul ?

— Parce que ta grand-mère est au ciel. Et que je suis bien, comme ça.

— C'est triste. En plus, y a pas la télé.

— Télévision. Et je t'assure que non, ce n'est pas triste. Allez, hop, on débarrasse. Ensuite, tu te laves les dents et au lit. Tu as eu une longue journée.

Malo m'attend dans son lit, le drap remonté jusqu'au buste, bras à plat sur la couverture. Il me demande si l'Homme des Landes existe réellement et s'il est vrai qu'il est grand comme une girafe et tout blanc avec des mains en fougères.

— Pas du tout. C'est une légende. Et puis, s'il existait, Grand-Paria lui dirait de partir de l'autre côté de l'océan.

— Mais tu pourrais pas l'entendre quand il grognerait.

— J'entends tout. Même les mots des petits garçons qui croient en des choses qui n'existent pas. Allez dors, maintenant.

— T'es kriste ?…

— Alors, ça, c'est la meilleure. C'est moi qui suis censé te consoler au cas où, je te signale. Bien sûr que non, je ne suis pas triste. Je suis content que tu sois là. Allez, dors, mon bonhomme.

— Bonsoir, grand-père… Grand-Paria.

— C'est mieux. Dors bien, Malo, à demain.

Je m'installe dehors sur une chaise longue qui a connu mille fessiers lourds de paresse. C'est fou, ce gamin. Au moment de fermer les yeux, il a ouvert les miens : évidemment que je suis triste. Enfin, un peu. Je regarde la lune au-dessus des pins ; j'écoute le vent dans leurs cimes, le clapot du lac au loin, l'agitation des petites bêtes sous la mousse et les aiguilles de pins

– un hérisson ou un mulot, parfois un crapaud qui cherche la fraîcheur. Je me dis, mais comme c'est beau, comme c'est parfait, et je pense au moment, à la seconde précise, où tout cela se dérobera à mes yeux – où l'on éloignera de mes mains le coffre à jouets. C'est bientôt. À cet instant, aucune croyance n'animera mon esprit, aucune session de rattrapage ne me tentera pour gagner le paradis – quel paradis d'ailleurs, en existe-t-il de plus beau que cette dune sous les étoiles ? Car je sais que seule une sensation m'étreindra alors ; quelque chose de fugitif et de poignant, de naïf et de sincère, de ridicule sans doute, fait de regrets, de panique et, déjà, de frustration ; quelque chose qui tiendra tout entier dans cette simple question d'enfant à la fin des vacances : « Quoi, c'est déjà fini ? C'est passé si vite ! »

9

« Allez, debout, là-dedans ! »

Chez les vieux, il y a toujours un petit sadisme à réveiller les enfants. Quelque chose qui tient de la nostalgie du service militaire – une façon de leur faire payer le fait que ces petits planqués ne l'ont pas fait et, pis encore, qu'ils n'auront jamais à le faire. Je ne déroge pas à la règle. Dans la façon dont j'écarte les rideaux, on pourrait voir la brutalité virile du sergent en pleine forme. Mon troufion préféré ouvre deux yeux clignotants. Je ne l'aide pas dans son réveil.

— Il fait grand beau, Messire, et j'ai tué six loups.

— Hein ?

— Ne t'inquiète pas, mon père disait toujours ça.

— Quelle heure il est ?

— Quelle heure est-il, tu veux dire ? 9 heures. Allez !

Mister Décoiffé arrive dans la cuisine en bâillant et s'assoit devant son bol. Les limbes du sommeil, sans doute, lui font baisser la garde et poser la mauvaise question.

— Il y a des Chocopops ?
— Pardon ?
— Pardon.
— Ce n'est rien, mon grand, mais non, il n'y a pas de ces horreurs qu'on vous refourgue pour vous faire devenir des acheteurs bien gras et bien dépendants. Si tu es sage, je t'achèterai des flocons d'avoine. Et peut-être même des corn-flakes ! Des vrais, hein, pas des imitations à la noix de coco. Mais pour le moment, il y a du chocolat chaud – pas n'importe lequel, du Van Houten – et des tartines. Beurre ou confiture, tu choisis.
— Beurre, dit une petite voix.
— Parfait ! Prends des forces ! Aujourd'hui, tournée des grands ducs.
— Des grands ducs ? Qu'est-ce que c'est ?
— On prend le carrosse, et zou, on fait ce qui nous plaît ! Dès que tu es prêt, on y va. Mais ne t'inquiète pas, tu as le temps !...
Il a tout mis dans l'évier, à ma demande. À présent, ça joue de la brosse à dents avec énergie, ça s'affaire, ça range, ça fait son lit. Plutôt disciplinée, la nouvelle recrue. Vers 10 heures, il est opérationnel. Le voilà vêtu d'un polo, d'un short long, de tennis. Je commence l'inspection.
— Toilette complète ?
— Oui.
— Lit ?
— Oui.
— Chambre ?
— Oui.

Il réprime un fou rire.

— Ça vous fait rire, soldat ?

— Non...

— Il vaut mieux pour vous. À présent, inspection du paquetage.

Malo ouvre son petit sac de sport.

— Maillot de bain, serviette, crème solaire... Ça va. Et le chapeau ?

— Z'ai oublié.

— Chapeau obligatoire ! Exécution.

Malo file chercher son chapeau et revient aussi sec. Sur sa tête, horreur : une casquette à l'effigie d'un horrible gamin habillé de noir avec des yeux immenses, sans nez et, à la main, une sorte d'énorme pistolet futuriste – le tout dans des tons acidulés à vous retourner l'estomac.

— Qu'est-ce que c'est que cette chose ?

— Un manga.

— Mon Dieu, que c'est laid.

— Oh non, c'est bien !

— Écoute Malo, tant que tu es sous mon toit, je ne veux pas voir cette horreur. Après, tu feras ce que tu voudras. Moi, je trouve que les casquettes, ça fait crétin. J'en ai même vu qui les mettaient à l'envers, tu imagines ? Sois gentil, va te mettre un chapeau, celui que j'ai vu dans ta valise, le bob, il est très bien.

Le temps qu'il aille corriger le tir, je finis de remplir le panier du pique-nique. À haute voix, je lui annonce la suite :

— Alors, voilà le programme : approvisionnement chez Fernandez, puis baignade sur la petite plage de l'océan, puis pique-nique, puis passage au *Singe rouge*, goûter chichis et retour à la maison pour une partie de quilles… C'est pas beau, ça ?

Son sourire vaut toutes les réponses.

La Lionne nous attend, impatiente.

— Allez, grimpe derrière, je ferme la portière.

Malo prend place sur la banquette de moleskine. On dirait un ministre sous la présidence Coty.

— Tu vois, la portière, tu la claques avec douceur mais fermeté. C'est comme ça que l'on fait avec les dames, surtout quand elles sont un peu mûres.

Malo est impressionné. Il renifle l'odeur typique des vieilles autos – un soupçon de velours, une pointe de skaï et un rien d'huile de moteur. Moi, je ne suis pas peu fier de prendre la barre sous l'œil de cet unique moussaillon. Tandis que l'étrave pivote sur place dans des grincements de timonerie, je me positionne cap sur le portail et emprunte l'allée comme on sort d'un chenal, moteur au ralenti, dans le roulis moelleux des cailloux et des pommes de pin. Dans l'encre noire du long capot en V menant à la proue se reflètent des nuages d'écume. Un pur moment de bonheur, rond et plein comme un saint-julien. Le temps est clair, la route est dégagée, la voie est libre, la vie est belle.

Dix minutes plus tard, M. Fernandez s'avance vers nous, précédé par un bonjour tonitruant. Il porte de drôles de chaussures fluorescentes rehaussées de mousse blanche.

— C'est votre petit-fils ?

— Gagné !

— Ah, c'est bien, c'est bien… Et qu'est-ce qu'il vous faudra, aujourd'hui ?

— De la baguette, du saucisson en tranches, du camembert, quatre brugnons, une bouteille d'eau. C'est pour un pique-nique.

— Ah ! C'est bien… Et vous avez un couteau ? Je peux vous en prêter un, si vous voulez.

— Merci, mais j'ai mon Opinel. En revanche, si vous avez des coloriages et des crayons de couleur, ça, ça m'intéresse.

— Oui, oui, j'ai.

— Tiens, Malo, va voir avec le monsieur. Et pour la plage, vous avez des pelles, des râteaux, des seaux ?

— Tout ce qu'il faut.

— Je prends.

M. Fernandez pose sur la caisse un filet complet de jeux de plage, deux cahiers de coloriage et une pochette de crayons de couleur, présentés dans un beau dégradé.

— Vingt-quatre euros soixante. Toujours pas par carte ?

— Surtout pas ! J'ai du liquide.

— Sac en plastique ?

— J'ai mon panier.

Pas question de se rendre à Lacanau Océan. De paradis perdu, on est passé, en trente ans, au stade de grosse station balnéaire. Il y a un petit siècle, ses quelques villas à toit pointu et tourelles tenaient largement sur une carte postale tout juste aérienne, en noir et blanc. On y voyait des moustachus satisfaits descendant de leur tacot le long des pistes de sable, des baigneuses retenant leur jupe dans l'écume, des trains débordant de valises en carton bouilli. La magie a duré jusqu'aux années 70, comme toujours. Après, la chair à soleil a déboulé avec ses flacons de monoï et ses tubes de l'été. Tout pour la populace. Pour ses beaux yeux fardés, on a construit, à grands coups de pots-de-vin, des cabanons à crédit avec vue sur les pins, des pistes pour ses vélos, des parkings pour ses autos, des hypermarchés pour ses kilos. C'est devenu criard, saturé de monde, de galeries marchandes pour tatoués marchant en tongs. Les gaufres au Nutella ont coulé partout, personne n'a essuyé derrière, la mer a continué de bouillonner, en vain. Bien sûr, ce qui devait arriver est arrivé : les vacanciers gavés ont commencé à se noyer, incapables de lutter contre les courants des baïnes. En plus des cerfs-volants, l'hélicoptère de secours a constitué une attraction très prisée des touristes. Aujourd'hui, les deux drapeaux bleus délimitant la zone de baignade surveillée sont séparés de douze mètres à peine, réduisant ladite zone à celle d'une piscine municipale. De l'eau jusqu'à la taille, les baudruches à seins flasques et à ventre huilé montent et descendent au gré des vagues, comme sur un manège. Gare à celui qui voudra aller nager seul, il sera refoulé par trois cerbères en combinaison, d'un coup de sifflet – comme les flics qui l'auront alpagué juste avant, au rond-point, pour défaut de port de ceinture. Bientôt, deux mètres seulement sépareront les drapeaux, et les gens se baigneront à la queue leu

leu, sous l'œil de maîtres-nageurs prêts à intervenir. Il faudra boucler sa bouée de sécurité, il y aura des radars marins qui vous flasheront au-dessus d'un mètre d'eau, des malus, des bonus, tout ce qu'il faut pour ôter à l'homme le goût de la solitude, de la liberté vraie – y compris celle qui consiste à prendre le risque de mourir loin du bord, de l'eau salée plein les poumons mais le sourire aux lèvres.

Moi, de tout cela, je ne veux pas, ni pour moi ni, surtout, pour mon petit-fils. Au sud de la grande plage bondée, il y a une plage non surveillée et sauvage baptisée « Le Lion » – et Dieu sait si la voiture y va les yeux fermés. Une fois celle-ci garée à l'ombre, on accède à ce sanctuaire au prix d'un effort bref – un quart d'heure de marche – mais surhumain pour les baigneurs à beignets. Autant dire qu'on ne rencontre personne au débouché du sentier qui serpente sur le sable, parmi pins tordus et suppliants, ronces et piquants. Mouchetée de quelques pas, la dune vous accueille alors comme un chat qui fait le dos rond, flattée de votre venue, ronronnant de la promesse qui se tient derrière elle : l'océan.

Promesse tenue. Fou de joie, Malo a couru au-devant de moi pour m'annoncer la bonne nouvelle, aussi triomphalement qu'un naufragé du désert apercevant une oasis. Il y a de l'eau, ici, je te le confirme, Malo. Pas mal d'eau, même. Et l'on va y plonger, loin des drapeaux et des sifflets ! Je hurle :

— Trouve-nous un bon emplacement !

Il court en tous sens, haletant, ses cheveux rebondissant à contretemps sur son crâne dans les rayons du soleil. Il s'arrête net.

— Là ?

— Trop de monde !

Il rigole. Pas un quidam à l'horizon. Seule une vapeur laiteuse nimbe le rivage à l'endroit où les vagues se fracassent. Belles vagues, franches, régulières, bien alignées, venues de loin pour se donner en spectacle. Danseuses à frous-frous blancs qui s'avancent en rang jusqu'au-devant de la scène, font leur bref numéro empanaché de plumes et s'en retournent dans les coulisses. Malo s'arrête à nouveau.

— Là ?

Sa petite voix ne fait pas le poids. Je force la mienne :

— Un mètre sur la gauche...

Il court dans l'espace vide, sans obstacle, sans entrave, pantin absurde.

— Un mètre sur la droite...

— Là ?

— Encore deux pas devant toi...

— Là ?

— Oui, là ! Exactement là !

Il rit. Pourquoi là et pas ailleurs ? Parce que nous sommes les maîtres du monde, pionniers d'une ère nouvelle. Déjà, Malo déploie sa serviette, se met en maillot, sort son tube de crème écran total.

— Enfin un écran qui te fait du bien, dis-je.

— Comment ?

— Non, rien. Tiens, je vais t'en mettre dans le dos.

Je le badigeonne, le petit poulet blanc, sous un ciel dont le soleil, grosse mollette jaune, a été tourné jusqu'au thermostat 8. Presque à nos pieds, l'écume rissole sur le sable luisant. Malo et moi sommes prêts. Pour se faire comprendre, les hurlements sont de rigueur tant le fracas de l'eau nous assomme plus que jamais de décibels.

— On y va, Grand-Paria ?

— On y va. Mais pas trop loin, hein ? Tu restes près de moi, ça tire, par ici. Si tu es emporté, tu seras un tout petit fétu de paille sur les flots !

— D'accord !

Malo s'avance, sursaute, se rétablit, avance encore, contrariant de ses minuscules genoux le flux et le reflux des vagues. Très vite, l'une d'elles a raison de lui ; bien décidée, à peine gravie la grève, à tourner casaque puis à repartir au galop vers l'horizon, elle lui fonce dans les jambes comme s'il n'existait pas et le fait plier. Son équilibre sapé en une fraction de seconde, Malo s'affaisse, Malo crie, Malo part comme une torpille vers le large. Je me rue en avant pour le rattraper, rate de peu sa main, le vois se faire happer, aspirer par la mer qui n'en fait qu'une bouchée... avant de le recracher, menu fretin indigne de l'ogre, à la faveur d'une autre vague. D'abord tourneboulé dans la lessiveuse, Malo est aussitôt propulsé vers moi et je le stoppe en le bloquant contre mon torse, comme un goal. À présent, pour rien au monde je ne lâcherais d'un pouce mon petit ballon mouillé. De l'eau jusqu'aux cuisses, bien campé dans les sables mobiles, je le regarde comme un miracle. Il respire vite, tremble un peu – la peur plus que le froid –, et ouvre enfin les yeux, un grand sourire aux lèvres.

— Cool !

Je souris.

— Pour une fois, tu as le droit.

— C'était zénial…

— Non, pas zénial du tout. Tu as failli être emporté et je suis un vrai con.

Toujours dans mes bras, Malo est médusé. Voilà que Grand-Paria dit des gros mots, maintenant. On aura tout vu.

— Je te fais descendre mais tu ne lâches pas ma main. On va aller se sécher.

Flageolant sur ses cannes, Malo remonte la pente. Sacré petit mec, encore plus fou que son grand-père. Je le frictionne des doigts de pieds à l'occiput.

— Il te serait arrivé quelque chose, je ne m'en serais jamais remis.

Une tête de tortue hirsute émerge de la serviette.

— Hein ?

— Rien.

Les gens arrivent peu à peu. Non loin d'ici, au gré des caprices du vent, les parasols se déploient et se replient comme les ailes de gros perroquets qui n'arrivent pas à prendre leur envol. Enfin, on parvient à enfoncer leur unique serre dans le sable. Dessous, ça piaille et ça caquette : des enfants et leurs mamans, dont j'ai l'impression que certaines m'observent derrière leurs lunettes noires. Je vais leur montrer, moi, ce qu'un grand-père sait faire avec son petit-fils. Très vite, Malo et moi déballons pelles et seaux pour nous adonner à l'une de ces activités gratifiantes dont un adulte peut tirer gloire à bon compte – j'ai nommé l'édification d'un château de sable.

— On va faire Carcassonne... Tu connais Carcassonne ?

— Non.

— C'est un grand château du Moyen Âge avec des tours, des murailles et des créneaux. C'est magnifique. Toi, tu fais les tours avec les seaux, moi, je commence à construire la muraille.

— D'accord.

Nous voilà à quatre pattes, à creuser, démouler, tapoter du plat de la pelle pour que le sable soit compact, à faire les finitions du bout des doigts. La vraie Carcassonne n'a qu'à bien se tenir. Autour, parmi les dubitatifs, ça commence à s'approcher timidement, à se baisser pour mieux voir, à commenter. Malo jubile. Il est le seigneur de la citadelle et le roi n'est pas son cousin. À présent, il en est à percer des douves imaginaires traversées par des ponts faits d'ajoncs et de bois flotté échoué sur la plage. Des coquillages font office de toit et la route qui mène à l'ensemble est pavée de galets. Je regarde Malo : la plus puissante des crèmes solaires ne peut rien contre le rouge de fierté qui lui teinte les joues. En bon compagnon, et parce que je suis satisfait de mon apprenti, je décrète que nous avons mérité notre déjeuner. Des sandwichs sont confectionnés et nous les dévorons côte à côte, sans un mot, en bordure de chantier, avec le sentiment du devoir accompli.

Bientôt, la marée monte, menaçante, étirant toujours plus avant ses assauts en direction de la citadelle. Déjà, des langues d'eau viennent lécher ses contreforts, remplissant à chaque passage, et avec quelle profusion, ses douves peu profondes. Pour le moment, Carcassonne fait bonne figure, mais pour combien de temps ? À mesure que l'écume sape ses parois de sable (et notre moral avec), des pans de murs s'affaissent lamentablement, aussitôt nivelés et polis par le reflux des vagues. C'est à la fois désespérant et gratifiant : notre château n'abandonne pas, il cède à l'ennemi quelques parcelles de lui-même, voilà tout, et dresse encore fièrement ses tours bien campées sur le méplat de la grève.

Nous en sommes là de notre contemplation lorsqu'un fracas monstrueux fait trembler l'horizon : écumantes, caracolantes, conjuguant leurs forces, se chevauchant et s'entraînant l'une l'autre comme si, après cette longue course, une victoire était en jeu, deux vagues se ruent de concert sur la ligne d'arrivée avant de basculer ensemble, de se faire tomber mutuellement et de s'étaler de tout leur long sur le rivage, dans un roulé-boulé que rien ne semble pouvoir arrêter – pas même une citadelle. Le choc est sans appel. C'est impuissants que nous voyons notre château balayé d'un seul coup, avalé tout cru par le flot étal, lequel s'en retourne, à peine son forfait accompli, pour aller se replonger dans la mer. C'en est fini de Carcassonne, il n'en reste qu'une forme vague, une ruine arrondie qu'une nouvelle invasion d'eau et de tourbillons vient à l'instant d'effacer de la surface de la planète, en laissant derrière elle un miroir pailleté, net et sans bavure.

— C'est exactement ce qui va se passer, ne puis-je m'empêcher de grincer. D'ailleurs, ça a déjà commencé.

— Quoi qui a commencé ?

— Les océans, quand leur niveau va monter. Ça va être pareil. Ils vont tout engloutir, tout balayer, comme notre château fort. Et ce sont les terres les plus basses qui vont prendre en premier. Ici, par exemple.

— Ici ?

— Oui, ici. Un jour, tout cela n'existera plus. Le drame de l'homme, c'est d'avoir sali sa planète, mais le génie de la nature, c'est qu'elle va mettre en place un système de chasse d'eau qui va tout nettoyer !

Nous restons assis côte à côte sur le sable, jambes repliées, les bras encerclant nos genoux, nos bouches encore humides du jus des brugnons que nous avons mangés pour le dessert.

— Tu vois, dis-je en désignant le noyau entre mes doigts. La Terre, c'est comme ce brugnon : les hommes ont tout mangé, tout sucé, jusqu'au bout, la chair, le jus, la peau, tout. Bientôt, il ne restera plus qu'une boule toute dure, nettoyée, avec plus rien dessus. Juste bonne à jeter dans la cuvette !

— Quand même…, dit Malo, incrédule, en reprenant un fruit, avant d'y mordre à belles dents.

— Quoi, quand même ? Ils ne peuvent pas s'en empêcher ! Faut qu'ils dévorent, qu'ils aspirent, qu'ils rognent ! Mais quand il n'y aura plus rien, qui aura gagné ? le type qui aura la plus belle villa avec vue sur le désert et les animaux morts ? le type qui aura le plus gros bateau sur une mer sans poissons ? le plus gros 4 × 4 ? Pour faire quoi ? pour rouler dans les fonds marins et escalader les coraux décolorés ?

Malo a alors ce réflexe commun à tous les enfants qui se font gronder :

— C'est pas de ma faute !

Je m'aperçois que ses yeux sont infiniment tristes, qu'il n'est pas loin de pleurer, sans que je sache si ces larmes sont dues à ma colère ou à la lecture de l'avenir que je viens de faire dans ma boule de noyau. Qui suis-je pour annoncer le pire à un enfant de six ans, qui a la vie devant lui ? Quel futur suis-je en train de lui prédire ? J'ai honte.

— Bien sûr que ce n'est pas de ta faute... Pardonne-moi, Malo. Grand-Paria s'est emporté. Tu sais, c'est loin tout ça, c'est dans très longtemps. En plus, je suis sûr qu'un jour un grand savant va tout arranger. Toi, peut-être ! Si tu travailles bien.

— À l'école, z'ai eu une imaze et même un livre d'imazes.

— Tu vois ? L'humanité est sauvée ! Tout va bien ! Tiens, moi aussi, je vais reprendre un brugnon.

Je n'en fais qu'une bouchée. Le jus tombe par grosses gouttes dans le sable.

— Et puis tu sais, les hommes sont malins. Si l'eau monte jusqu'aux montagnes, il y en aura toujours un pour changer les stations de ski alpin en stations de ski nautique.

Malo rigole. Je respire, je me lève et je trace un trait du bout du pied en lançant à tout hasard :

— Allez, Malo, grand concours de lancer de noyaux ! Celui qui le jette le plus loin a gagné !

Nos deux premiers noyaux tombent à peu près au même endroit. Le second jet va nous départager. Je rate complètement mon tir. En revanche, Malo lance son noyau si loin qu'il tombe à l'eau, à l'instar de mes idées noires.

— Bravo ! C'est toi le plus fort. Tu as gagné une glace de chez *Pinocchio*. Crois-moi, elles sont meilleures que des icebergs qui fondent.

Et nous voilà repartis, heureux, cuivrés, sonnés, du sable dans nos méninges et entre nos doigts de pieds. À l'intérieur de la Lionne, c'est la fournaise ; comme nous, elle a pris le soleil, elle sent l'essence chaude et le skaï fondu, et je ne peux tenir son volant sans me brûler les paumes. Direction Lacanau Océan.

— Je te préviens, c'est exceptionnel ! C'est vraiment parce que *Pinocchio* existait déjà quand j'étais petit et qu'on y trouve les meilleures crèmes glacées de Gironde. Tiens, tant que j'y suis, je t'emmènerai au *Singe rouge*, aussi.

— Le Sinze rouze ?

— *Singe rouge*. Sur les allées Ortal. Mon père m'y emmenait quand j'avais ton âge. Comme tu as été courageux dans les courants, je vais t'y acheter une épuisette pour pêcher le goujon et, si tu es sage, tu auras un diabolo.

— Qu'est-ce que c'est un diabolo ?

— Tu verras. Le diabolo, on n'a rien inventé de mieux. Avant, j'étais champion.

Nous voici devant *Pinocchio*. Après une longue attente, c'est à notre tour de choisir. Il y a tellement de parfums que Malo en perd la boule... Il en prendra finalement deux, caramel et noix de coco (je l'ai dissuadé d'opter pour spéculos et malabar à cause des noms, de la texture et de la couleur). Pour ma part, mon choix se porte sur chocolat et chocolat, au grand dam de mon petit-fils, qui ne voit dans ce doublon réducteur qu'un vaste gâchis.

Dans la rue, je m'étonne de voir des gens parler tout seuls. Malo m'informe que non, qu'il s'agit de téléphones portables munis d'une oreillette – enfin, c'est ce que je déduis de ses explications, car lui ne me parle que de « ficelles qu'on se met dans les oreilles ». Je fais semblant de parler dans un téléphone, tout seul, très fort, et ça le fait rire. Chose promise, chose due, je l'emmène au *Singe rouge* et son sourire s'agrandit encore : la boutique est fidèle à ce qu'elle a toujours été, et dans cette débauche de jeux de plage multicolores, de parasols et de matelas, de chapeaux variés, d'articles de pêche et de cartes postales, règne un ordre méticuleux et secret, connu du seul maître des lieux et de son fils, héritiers d'une dynastie qui a fait des vacances son unique royaume et des vacanciers ses sujets consentants. Nous repartons avec dans notre sac rien de moins qu'un jeu de diabolo, une cible, des fléchettes et une épuisette.

À l'arrière de la Lionne, Malo examine le diabolo d'un air circonspect. Je le regarde *via* le rétroviseur intérieur, comme le font les chauffeurs de taxi.

— La règle du jeu, c'est de faire rouler le diabolo le plus vite possible en équilibre sur la ficelle. Pour ça, il faut jouer des baguettes, de haut en bas, comme un batteur de jazz qui joue au ralenti. Au bout d'un moment, tu entends le diabolo ronfler comme une turbine, c'est fabuleux ! Alors, là, d'un coup d'un seul, tu écartes les baguettes en les brandissant vers le ciel… La ficelle se tend, projette le diabolo en l'air, et tu dois le rattraper sur ton fil. Voilà. Ensuite, tu recommences, jusqu'à ce que tu aies le vertige.

— Ça a l'air dur !

— Bien sûr que c'est dur ! Tu sais pourquoi j'aime tant le diabolo ?

— Non…

— Parce que c'est un jeu qui oblige à regarder vers le haut.

Nous n'avons pas assez de l'après-midi pour essayer tous les jeux. La cible est accrochée à un tronc d'arbre, l'épuisette sortie de son emballage et le diabolo dûment testé jusqu'à épuisement du joueur – Malo, à qui j'ai fait une démonstration couronnée de succès, tant il est vrai que les gestes d'enfants ne s'oublient pas. Mais à l'heure du dîner, une sonnerie de téléphone siffle la fin de la récréation.

— Allô ?

— Oui, bonsoir, c'est Leïla. Je ne vous dérange pas ?

— Non, non, pas du tout… Bonsoir.

— Merci encore d'avoir pris Malo. Tout se passe bien ?

— Oui, oui, très bien, je vais vous le passer, il joue dehors.

J'essaie de l'expédier, rien à faire.

— Il mange bien ?

— Oui, oui, tout va bien, il est en pleine forme.

— Et le temps ?

— Magnifique ! Grand soleil. Mais rassurez-vous, je lui mets de la crème et il porte un chapeau.

— Pas sa casquette ?

— Non, un bob à large bord, c'est plus efficace, je préfère, surtout quand on est à la plage.

— Il s'est baigné ?

— Euh… oui, oui, trempé, pas plus, juste les doigts de pieds.

J'ai presque réussi mon examen de passage, lorsqu'une dernière question tombe, apparemment inoffensive.

— Vous n'oubliez pas la ceinture, hein ?

— Oh, vous savez, ici il vit en maillot de bain, alors…

Elle glousse.

— Je ne parlais pas de pantalon, je parlais de la ceinture dans la voiture.

— Quelle ceinture dans la voiture ?

— Comment ça, mais… Vous n'avez pas de ceintures dans la voiture ?

— Bien sûr que non !

Au bout du fil, on déglutit et on aspire fort pour reprendre son souffle.

— Attendez... Vous n'avez pas de ceintures dans la voiture ?

— Mais non ! Vous allez me le demander combien de fois ?

— Mais vous êtes dingue !

— Pas du tout ! J'ai une Peugeot 203 de 1955. Et il n'y a pas de ceintures à l'arrière dans les Peugeot 203 de 1955, là !

— C'est bien ce que je pensais. Vous êtes dingue. Je m'en doutais un peu, vous me direz, mais à ce point-là...

— Merci beaucoup. Venant de vous, je prends ça comme un compliment.

— Et moi, je vous dis qu'il n'est pas question que Malo ne soit pas attaché dans votre voiture avec une ceinture de sécurité. D'abord, parce que ça peut lui sauver la vie, ensuite, parce que c'est obligatoire. Si vous tombez sur des flics, vous allez comprendre votre douleur.

— Je les connais tous, je les ai connus enfants. Quand ils voient passer la Lionne, ils soulèvent leur képi.

— La Lionne ?

— C'est le nom de ma voiture. Et comme tous les félins, elle n'aime pas qu'on lui accroche des ceintures au cul.

— C'est grave... Écoutez, je crois qu'on va arrêter là...

— Qu'est-ce que vous allez faire? Rentrer du Maroc?

Silence. La voix, comme par miracle, se radoucit.

— Non, mais...

— Mais quoi?

— Écoutez, s'il vous plaît, je vous le demande pour Malo : il faut qu'il soit attaché. C'est trop dangereux.

— Trop dangereux, trop dangereux... Ce que vous êtes pénibles, tous, avec votre trouille de tout! Vous êtes en train de nous faire une génération en coton, là, à force... Quand j'étais petit, les adultes ne passaient pas leur vie à nous bâillonner, à laver nos fruits, à tout désinfecter! Dans la 202 de mon père, on était quatre à l'arrière pour partir en vacances, pas attachés, et on cueillait les cerises avec des vers dedans, et dans les fermes on buvait du lait sorti du pis des vaches, c'était plein de mouches et de bactéries et c'était délicieux!

— Mais c'est obligatoire, la ceinture, o-bli-ga-toire, que voulez-vous que je vous dise? Vous n'allez pas réinventer la société à vous tout seul, quand même? Arrêter le monde et le faire repartir en arrière comme une toupie? Obligatoire! Autrement, si vous pilez, Malo sera projeté comme sous l'action d'une catapulte et foncera droit se fracasser sur votre pare-brise!

— Ça, ça m'ennuie parce que des pare-brise comme celui-là, on n'en trouve plus. Chez quelques collectionneurs, et encore...

— Quoi?

— Je plaisantais, là.

— Avec vous, on ne sait plus très bien.

Son radoucissement me touche. Je dépose les armes à mon tour.

— Bon, vous avez gagné, je vous en fais la promesse, demain je ferai fixer une ceinture de sécurité sur la voiture. Je connais le gars du garage de Lacanau-Ville, ce sera vite réglé.

— Merci, merci beaucoup, je sais que ça vous contrarie, mais c'est mieux.

— Ce n'est pas pour moi, c'est pour la Lionne que je souffre. Jusque-là, elle était intacte. La percer ainsi au flanc…

Cette fois, elle rit franchement.

— Dites, vous n'en faites pas un peu trop ?

— Vous avez le même rire que votre fils. D'ailleurs, il arrive. Je vous le passe. Au revoir, Leïla.

Malo prend le combiné noir et raconte sa journée avec la sobriété légendaire des enfants, c'est-à-dire en quelques secondes et quelques mots. Une fois le téléphone raccroché, il se tourne vers moi.

— Maman a demandé si on s'était baignés là où c'était surveillé.

— Et alors ?

Son sourire en dit long.

— Z'ai dit oui, pourquoi ?

Je lui souris. Il l'a bouclée. C'est bien mon petit-fils. Demain, pour fêter ça, je fais installer la ceinture et, parole de Grand-Paria, ce sera du sur-mesure.

10

— Je te fais ça sans problème. Trois points d'attache et le tour est joué. Par contre, tu ne l'auras pas avant demain.

Albert Delome, garagiste de son état depuis quarante ans, prend un air dégoûté, d'autant que je l'ai presque sorti du lit.

— Quand je pense que cette bagnole était dans son jus, dit-il, mégot aux lèvres. Faut toujours qu'ils nous imposent tout, ces cons.

— Ne m'en parle pas.

— Enfin, t'inquiète, ton petit-fils, il sera maintenu comme une moule à son rocher.

— Merci, Albert.

— À demain, vieux.

Nous nous en retournons en bus. Le Moutchic, Les Nerps, Longarisse. Le paysage défile sous l'œil de Malo à qui rien n'échappe. Il a le front collé contre la vitre et y souffle de la buée pour dessiner des têtes à Toto. Je m'en amuse.

— Vous connaissez encore ça, vous ?

Il me sourit, un peu trop tristement à mon goût.

— Ça va, Malo ?

— Oui oui.

— Tu n'es pas triste ?

— Non non…

Il esquive, je le vois bien. Tant mieux, ça me donne l'occasion d'embrayer :

— Bon, programme du jour : promenade en canoë jusqu'à l'île aux Oiseaux, pique-nique sur place avec sandwichs aux fromages qui puent des pieds et sa farandole de fruits de saison, retour pour goûter, puis courses chez Fernandez en carrosse spécialement affrété pour Monsieur. Enfin, bain de Monsieur avec récurage des cheveux au savon de Marseille, dîner, jacquet, dodo.

Mission accomplie. Deux canines séparées par un trou grand comme la brèche de Roland éclairent de leur émail le sourire de Malo.

En peu de temps nous sommes sur l'étang, le but étant de profiter de l'effet miroir du matin. Malo se tient devant, figure de proue pensive. Quant à moi – est-ce le rythme hypnotique des rames plongeant dans l'eau ? –, je me laisse aller au fil de mes pensées. Peut-être qu'hier j'y suis allé un peu fort avec notre cité de Carcassonne engloutie par les eaux. Malo me dit que ce n'est « pas de sa faute », petit bonhomme, il a raison. Mais est-ce la mienne ? Est-ce ma faute si les hommes ont tout gâché ? Moi non plus, je n'y peux rien. Alors je regarde autour de moi ce lac qui a si peu changé depuis mon enfance et je me dis que c'est trop con. Je me dis que, dix ans après la boucherie de la Seconde Guerre mondiale, les hommes auraient pu faire comme Malo et moi, arrêter de ramer, se laisser glisser, suspendre le temps, l'immobiliser comme notre barque, à présent, sur ce lac. Ils auraient dû. Il y a eu une époque où, franchement, tout était bien. C'était bien comme ça, il ne fallait plus rien toucher. La planète ressemblait à un grand décor de train électrique, réparé par endroits, certes, mais tout était à sa place, ça fonctionnait bon an, mal an. On avait de quoi se déplacer vite, traverser les océans dans des avions à hélice. On avait de quoi se soigner sans trop souffrir, les médicaments existaient et, depuis longtemps, les dentistes n'avaient plus besoin d'une tenaille pour arracher une dent. Il y avait de quoi se parler à des milliers de kilomètres de distance *via* une opératrice qui pouvait, pourquoi pas, avoir une jolie voix. Il y avait des poissons dans les mers, des animaux dans la jungle, des paysans dans les champs, des gens dans les villages qui se parlaient encore, des gens qui ne connaissaient rien de la civilisation moderne et s'en trouvaient très bien. Des ours blancs sur la banquise, des ours bruns dans la forêt, des chasseurs et du gibier. On aurait pu faire mieux, beaucoup mieux, partager davantage, c'est vrai. Mais en gros c'était bien foutu, le monde. C'était génial, quand on y pense. Un vrai parc d'attractions. La mer s'arrêtait juste à temps sur les plages, les vagues servaient à jouer et n'engloutissaient rien, du moins aussi rarement que les éruptions de volcans, juste pour faire peur aux hommes, pour leur faire mesurer la justesse des choses et le prix de la vie. Il y avait de la neige sur les montagnes et des pentes conçues exprès pour que des skieurs en fuseau puissent glisser sur cette neige. Il y avait tout ce qu'il fallait pour goûter au festin et en faire profiter tout le monde. Voilà, c'était bon, c'était si bien comme ça, il fallait faire une pause et seulement se demander comment améliorer notre jardin d'Éden – quelques plantations là, plus de terre ici, des fruits et des fleurs et de l'eau et de la nourriture pour tous. Certains y ont pensé, certains ont bien tenté de répandre la parole, d'arrêter la machine folle, ils partaient sur les routes avec leurs grandes barbes et les cheveux longs dans de vieilles guimbardes, et moi, malgré la distance qui nous séparait et aussi loin que je m'en souvienne, j'ai eu pour ces rêveurs une immense tendresse. Parce qu'ils avaient raison dans leur folklore, ils avaient raison, et un type comme Kerouac, je l'aurais bien convié à venir ici faire un feu sur la plage. Je sais que ça fait con et vieux et nostalgique et complètement naïf, mais du fond de mon cœur je suis triste, vraiment triste, car je ne comprends pas, je ne comprendrai jamais, jusqu'à mon dernier souffle, pourquoi après l'acmé, le sommet d'un possible bonheur de tous, l'homme a basculé sur un versant de mort, destructeur, pathétique. C'est à celui qui sera le premier à entraîner les autres dans sa course dingue, le premier à salir, le premier à tuer, à tout dégueulasser, à barbouiller la toile, à rendre cacophonique ce qui était harmonieux, et tout cela au nom de quoi, du progrès – mon cul – , de la rapidité qui tourne à l'hystérie, de la communication qui laisse les gens seuls, de la consommation qui les rend obèses, du moins ceux qui le peuvent. Car, pour le reste, rien n'a changé, ça crève de faim, de soif et de maladie ! Rien n'a changé, sinon qu'entre l'âge d'or et l'âge de l'argent roi où nous sommes, on n'aura réussi qu'à dévaster le buffet, à vider les bouteilles et, sur les victuailles de l'ancien jardin, à ne laisser que les traces de nos dents avides, que nos excréments, que nos salissures, que la dévastation de notre fuite en avant, celle qui conduit à l'anéantissement. Mais une fois cela dit, et en attendant le suicide global, quel panier dois-je tendre à l'enfant qui est là, mon petit-fils chéri somnolant dans la barque ? Hein, quel panier au juste ? Un panier de noyaux de brugnons ou un panier de fruits, peut-être pourris mais juteux ? Qu'est-ce que je lui dis, moi, à cet enfant qui admire cet étang en sursis, lui qui du haut de ses six ans n'a pas matière à comparer, seulement matière à espérer ? Allons, c'est entendu : je lui dis que c'est beau, je lui dis qu'on avance, qu'ici rien n'a changé et ne changera jamais, si l'on est résolu à ne garder de la beauté que le souvenir futur.

— Grand-Paria ?

— Hein ? Oui, oui, ça va, mon petit… J'étais dans les nuages.

J'ai failli ajouter : « déjà ».

— Z'ai soif, reprend-il. Tu veux que ze rame un peu ?

— Pourquoi pas ? Je vais te les prêter pour que tu essaies, c'est bien que tu apprennes à garder un cap… Pardon, mon petit, j'avais la tête ailleurs.

Il boit à même la gourde. Puis, au rythme du grincement des rames dans les dames, nous approchons de l'île aux Oiseaux. Un moutonnement de pins, en relief, exact pendant d'un moutonnement de nuages, en reflet. Des grèves jaune moutarde piquées de roseaux drus. Des buses qui tournoient haut. Des sentiers sableux, certes ponctués de pas, mais si peu. Il ne s'en faut pas de beaucoup pour que nous nous sentions les premiers, les premiers à descendre d'une barque et à fouler ce sable brûlant, ici et là nappé d'un vernis d'aiguilles de pin. L'endroit est un miracle, je prie pour qu'un congénère n'ait pas laissé du papier-toilette derrière lui, je prie pour que Malo voie ce lieu intact comme je l'ai découvert, moi, à son âge, qu'il en garde à jamais une impression de virginité et l'extrapole à l'échelle du monde en s'exprimant comme le font les enfants : « On dirait que le monde serait inexploré, qu'il y aurait encore des îles inconnues et pourquoi pas des continents, des peuplades, des animaux à découvrir… »

Me voilà rassuré. L'île embaume la résine, la fougère et la vase chaude. Elle baigne dans une quiétude éternelle, à peine troublée d'un doux ressac. Les fonds sont caramel si l'on y regarde de près, bleu argenté si l'on y regarde de loin. Et si l'on se retourne, le lac entier, battu par le vent, semble nous avoir poussés là – simples branches que nous sommes, drossées par les courants.

— Tu vois, Malo, ici, ça n'a pas bougé, c'est comme avant.

Malo saute par-dessus bord, chapeau vissé sur les oreilles, bâton à la main. Petit docteur Livingstone, *I presume*. J'aime bien sa façon de regarder, de sentir, de battre les herbes hautes du bout de son bâton. Il fouille, gratte, explore, investit, minuscule humain sur la terre. Je le fais sursauter :

— Allez, ration de nourriture pour tout l'équipage ! Sandwichs, fruits, et barre de chocolat dans sa baguette !

C'est bon, c'est simple, ça croustille, ça rafraîchit, ça vient de l'enfance et des tablettes Poulain. Et ça me conforte dans cette certitude : qui n'a jamais enfoncé une barre de chocolat dans un tronçon de baguette fraîche ne sait pas ce qu'est la volupté. Il faut d'abord sentir la mie résister sous la poussée, se tasser, former une boule élastique pour finalement laisser sa place et émerger comme à regret à l'autre bout du tunnel de pain. Il faut détacher cette mie compacte et l'avaler toute crue, prélude au festin ; il faut mordre dans le quignon, sentir la croûte craquer, puis, sous la dent, tester la dureté du chocolat... jusqu'à le faire céder, le casser net à la jointure de deux carrés, en un petit claquement mat et satisfaisant. Il faut enfin broyer le tout d'une molaire carnassière pour éprouver dans sa bouche la fabuleuse fusion de la mie redevenue humide, de la croûte qui finit de croustiller et du chocolat qui fond sous le palais en libérant tous ses arômes. Alors seulement, après toutes ces étapes, on peut accéder au plaisir de ce qui constitue une parenthèse de roi, et recommencer à mordre, non sans contempler avant chaque bouchée l'objet de sa convoitise ; puis, une fois la dernière bouchée avalée, prendre toute la mesure d'un ultime délice : celui des mains vides, de la frustration, de la fin qui suggère la promesse du prochain régal – demain, si tout va bien, si Dieu nous prête vie, s'il continue à nous donner du blé, de l'eau, du levain, des fèves de cacao et du génie à foison, graine déposée entre nos mains.

Après une sieste à l'ombre, nous rembarquons en profitant d'un clapot qui va dans notre sens. Le retour est aisé, bercé par le rythme des rames qui grincent, par l'eau qui glougloute sous la coque, par les cris des quelques mouettes qui s'aventurent dans les parages. À l'approche des roseaux, une petite voix me tire de mon extase.

— Grand-Paria, comment on va faire les courses, sans la Lionne ?

— Justement, tu vas voir, j'ai ma petite idée, dis-je en mettant un pied dans l'eau.

— Mais comment on va faire ?

— Aide-moi à cadenasser la barque, je vais t'expliquer.

Nous voici au garage, lui aussi verrouillé à triple tour, des fois qu'on y volerait – et c'est plus que possible – des vieilles ferrailles, des bidons d'huile ou des jeux de clés de douze.

— Je t'ai parlé d'un carrosse, tu ne vas pas être déçu.

J'extrais du bric-à-brac une carriole hors d'âge, qui se résume à une caisse de bois montée sur deux roues à rayons, le tout pourvu d'un simple attelage en T. Cinq minutes plus tard, l'improbable engin est accroché à l'arrière de mon vélo. Malo court chercher un coussin de chaise à installer sous son séant, et nous voilà prêts à partir. Avec son sourire béat, ses mains posées sur les ridelles et son chapeau aux bords rabattus, il ressemble comme deux gouttes d'eau à la reine d'Angleterre saluant la foule quand son carrosse royal franchit les grilles de Buckingham.

C'est parti, ou presque. Mon guidon pivotant de droite à gauche à la façon d'une girouette dans la tempête, le buste lancé en avant, je me dresse en danseuse, appuyant de tout mon poids sur les pédales pour faire bouger l'ensemble… mais sans succès. Ou si peu. Les pneus s'enfoncent dans le sable et dérapent. Un deuxième essai sur terrain dur permet de prendre l'élan nécessaire à l'équilibre. À la faveur de la vitesse, je peux enfin me rasseoir sur la selle et accélérer encore la cadence, sous les cris enthousiastes d'un Malo les cheveux au vent. Nous sommes les nouveaux gladiateurs.

Fernandez s'est tellement amusé en voyant débouler notre équipage que, avant notre départ, il a offert des bonbons à Malo. Des choses translucides et multicolores, totalement chimiques, assez vilaines, mais qu'importe, je ferme les yeux – du moins au figuré. Quand nous arrivons à bon port pour décharger nos courses, les friandises caoutchouteuses ont été englouties jusqu'à la dernière.

— C'était bon ?

— Côa ?

— Ah, c'est le retour de la grenouille. Mais ça me donne une idée. Je te demande : c'était bon ?

Il déglutit difficilement.

— Oui oui…

— Alors, batracien pour batracien, je vais te montrer quelque chose.

Intrigué, Malo me voit déhousser un antique bâti en bois verni. Son plateau à rebords est troué de chausse-trapes menant à des glissières. Sur l'ensemble trône la bestiole à laquelle le jeu doit son nom : une magnifique rainette en métal vert, la gueule béante et légèrement ébréchée. À voir l'expression, bouche bée, que Malo lui adresse en retour, je me dis qu'il n'a jamais rien vu de semblable.

— Eh oui, c'est un vieux jeu… un peu comme moi, dis-je avec un clin d'œil.

Malo reste interdit.

— Vieux jeu, c'est une expression pour désigner quelqu'un qui… Enfin bref, ça s'appelle le jeu de la grenouille. Et ça n'a pas changé depuis la comtesse de Ségur.

Malo ne bronche pas. Tout ça, forcément, ne lui dit rien. Il faut que je fasse un effort pour l'éclairer davantage.

— Le but, c'est de prendre ces disques en fer, là, tu vois (je lui montre les lourdes pièces de métal, polies par des années de lancers) et de viser les trous du plateau. Chacun de ces trous correspond à un nombre de points précis : là, tu as le moulinet, là, les deux arceaux et puis, partout, de simples trous qui renvoient chacun à un score, sachant qu'évidemment c'est la grenouille qui fait gagner le maximum : cent points, tu te rends compte ?

À l'heure des jeux vidéo qui affichent les milliers de points à la vitesse de la lumière, ce record ne semble pas impressionner Malo. Du moins me donne-t-il indulgemment le change en opinant du chef, l'air de dire : « En effet. »

— Je te montre?

— Ze veux bien.

— C'est parti. Dix jetons chacun.

Ce frottement des galets dans la paume, ce roulement d'osselets, ce sont les bruits de mon enfance. Je trace une limite dans le sable, les jetons partent comme des soucoupes volantes. Quand un trou en avale un, le jeton glisse le long du bois avant d'être stoppé dans un claquement mat. Mais c'est de loin la grenouille, lorsqu'un envoi fait mouche, qui produit le son le plus satisfaisant : quelque chose comme un tintement de cloche, clair, étincelant, suivi d'une brève mais délicieuse digestion métallique. Malo semble séduit : il va récupérer les jetons dans les râteliers. Pas question de l'interrompre en si bon chemin.

— C'était juste pour te montrer! dis-je. Maintenant, la partie débute vraiment. C'est toi qui commences !

Quiconque passerait non loin d'ici en cette fin d'après-midi – promeneur, guêpe, pique-niqueur, moucheron, amateur de course à pied, écureuil, touriste, mulot, cycliste, rouge-gorge – entendrait l'air vibrer de tintements secs, suivis ou non de grondements sourds mais toujours, toujours, de cris exprimant tour à tour la victoire ou la déception. Mieux encore, en passant un nez, un museau ou un bec au travers des haies d'arbousiers, ce visiteur du soir pourrait voir s'amuser deux enfants du même âge, à soixante-dix ans près. Et il s'apercevrait que ce lent tic-tac scandé par les pions est celui d'une horloge montée à l'envers. Malo joue et joue bien, Malo joue de mieux en mieux. Si je remporte, malgré moi, la partie, ce qu'il a gagné à mes yeux ne peut se quantifier. C'est finalement vaincus *ex aequo* par la nuit que nous devons nous résoudre à renoncer à la revanche.

Bien sûr, Malo et moi devenons de plus en plus complices. Bien sûr, l'émulation de la partie de grenouille lui a donné confiance. Pas étonnant qu'une fois couché, alors que je m'apprête à le laisser dans son lit avec son livre d'images, il s'enhardisse à me poser la question qui semble lui brûler les lèvres.

— Grand-Paria ?

— Hmm ?

— Pourquoi tu avais l'air kriste, dans la barque ?

— J'avais l'air kriste ?

— Oui. Très.

— Parce que je pensais à avant.

— Pourquoi tu pensais à avant ?

— Parce qu'avant, c'était mieux.

— Pourquoi avant, c'était mieux ?

Comment répondre à cela ? Difficile. Assis sur le bord du lit, à la lumière de sa lampe de chevet, je me sens en porte-à-faux. Soudain, eurêka!, une image me vient. Un visage, plutôt. Après tout, même si Malo est un garçon, rien de tel, à son âge, qu'une histoire de prince et de princesse pour l'endormir.

— Malo, tu as entendu parler de Grace Kelly?

— Non…

— Alors je vais te raconter une histoire. Mais d'abord, je vais me chercher un petit verre, parce que raconter, ça donne soif.

Malo, ravi, se dresse sur un coude et pose le menton dans la paume de sa main, attentif comme jamais. Verre et bouteille à la main, je reviens et poursuis, encouragé.

— Il était une fois, en Amérique, une petite fille si belle que, bébé, on l'appela Grace. Grace, comme la grâce… Tu sais ce que c'est, la grâce?

— Non.

— La grâce, c'est très rare. C'est une beauté du ciel. C'est donné à peu de gens. Eh bien, justement, Grace avait la grâce et toutes les fées qui s'étaient penchées sur son berceau, fines mouches, s'en étaient aperçues.

— C'est une histoire de filles?

— Non, tu vas voir. Voici la suite : Grace grandit et devint une jeune fille sublime.

— Qu'est-ce que ça veut dire?

— Délicate, exquise, avec des yeux bleus, des cheveux blonds et un port de tête royal, celui d'une vraie princesse de conte…

— Tu étais amoureux d'elle?

— Pas du tout ! Mais admiratif : la beauté de Grace tint si bien ses promesses que, très vite, elle devint une célèbre actrice à Hollywood.

— Hollyvoude ?

— Hollywood, le royaume du cinéma en Amérique, avec des studios immenses, des décors incroyables, des palmiers dans les rues et de grandes villas blanches sous le soleil…

— Ah.

— Eh oui ! Car Grace, non contente d'être jolie, avait en plus du talent. C'est alors qu'il arriva quelque chose de réellement extraordinaire.

— Quoi ?

— Elle rencontra un prince.

— Un prince charmant ?

— C'est le mot ! Charmant. Pas un prince grand et beau, monté sur un cheval blanc, comme on l'imagine, non : charmant. Avec une petite moustache. Et un charmant prénom : Rainier ! Il habitait un château bâti sur un rocher, au sud de la France, qui s'appelle Monaco. C'est un joli nom, n'est-ce pas ? Voilà, il s'appelait le prince Rainier de Monaco ; et Grace et lui tombèrent amoureux.

Malo se rehausse, tasse son oreiller dans son dos et se cale bien droit, mains à plat devant lui, les yeux grands ouverts.

— Et alors ?

— Alors, pour l'amour du prince, Grace décida d'abandonner son métier d'actrice à Hollywood et de l'épouser. Bref, de quitter un royaume pour un autre, en somme. Elle embarqua sur un magnifique paquebot transatlantique et fit le voyage jusqu'à Monaco. La traversée dura quelques jours. Sur les quais, tous les habitants de Monaco étaient là pour l'accueillir sous un beau ciel bleu.

— Le prince aussi ?

— Bien sûr ! En grand uniforme d'apparat. À l'horizon, le bateau apparut puis approcha sous les vivats de la foule. Grace, derrière le bastingage, contemplait cette nouvelle vie qui l'attendait. Son cœur battait sûrement très fort.

— Et alors ?

— Et alors, monsieur « Et alors ? »… Alors, le paquebot accosta et le prince monta à bord. Il prit la main de la princesse et l'invita galamment à descendre. Tout le monde retint son souffle. La future princesse s'exécuta de bonne grâce, car tel était son prénom. Elle portait un immense chapeau blanc, une robe à corolle et des ballerines claires. Puis elle mit pied à terre et ce fut une explosion de joie, de bravos, de hourras. Celui qui n'a jamais vu cette femme avancer d'un pas de danseuse, puis d'un autre, le long de cette passerelle, avant de se poser comme un oiseau sur ce quai ensoleillé, celui-là ne sait pas ce qu'est l'élégance absolue.

Silence. Malo semble un peu dérouté par mes envolées lyriques. Pour autant, je vois bien qu'il y a dans ses yeux plein de bateaux sous le soleil. Pas question de le laisser en rade.

— Quelques jours plus tard, le mariage eut lieu. Si tu avais vu ça ! Monaco n'était qu'une fête, les rues étaient décorées de milliers de drapeaux, les grands de ce monde et le petit peuple s'étaient retrouvés pour l'événement, venus à pied, à vélo, en voiture, en bateau ou en avion. Tous étaient présents pour communier autour des nouveaux dieux, dans une même ferveur. Grace, port de reine et longue traîne, cou gracile et yeux de biche, prononça un petit « oui » sous les yeux des prélats et des vieilles duchesses. Le prince, en grand uniforme, n'en revenant pas de cette beauté dont il voyait le profil sous le voile, souffla « oui » lui aussi, et ces deux petits « oui » trouvèrent dans la rue un écho fabuleux. Les cloches sonnèrent et les coups de canon retentirent sous la clameur.

— Des canons ?

— Oui, c'était l'usage pour les grandes occasions. Alors les mariés sortirent, beaux comme des astres. Ils montèrent à bord d'une Rolls-Royce décapotable.

— Rolls ?... tente de décrypter Malo.

— ... Royce ! Une voiture décapotable, très belle, avec des courbes si douces qu'elle semblait flotter au-dessus du sol. Le cortège s'élança, les mariés saluant la foule groupée sur son passage à l'ombre des palmiers et des pins parasols, tout le long de la route qui grimpe en lacet sur les hauteurs du Rocher – c'est comme ça qu'on appelle Monaco. Alors, la longue automobile traversa l'esplanade, puis s'engouffra et disparut dans la cour d'honneur du palais.

— Grand-Paria, ose Malo après un silence, Grand-Paria, quand tu parles, on dirait un livre.

— Je sais, j'avoue que, dans ces cas-là, j'ai tendance à parler comme les commentateurs de l'époque, les speakers des « Actualités Pathé ! », dis-je en y mettant le ton qui convient, enlevé et nasillard.

— Comme du pâté ? reprend Malo en se pinçant le nez, imitation qui me fait éclater de rire.

Puis il reprend, sérieux :

— Quand même, avant, c'était avant, Grand-Paria. Il y a longtemps…

— Pas si longtemps, Malo. Pas si longtemps. C'est pour ça que, pour me consoler, j'aime à regarder des films d'un autre temps, un autre temps d'il n'y a pas si longtemps… dont le film sur le mariage de Grace Kelly et Rainier de Monaco, précisément ! Alors, lui, je me le repasse en boucle, ça m'aide à raviver mon souvenir, et à me dire que j'ai de la chance d'avoir connu tout ça.

À ma grande fierté, Malo ne renonce pas et garde un air sceptique. Il me faut à tout prix aller un peu dans son sens pour capter d'autant mieux son attention.

— Alors bien sûr, tu vas me dire : Monaco, 1956, le mariage de Grace, ce n'était pas la réalité, c'était le mariage d'une star et d'un prince dans une principauté de carton-pâte, un « royaume d'opérette » comme on disait alors, un décor de cinéma… Peut-être, mais il n'empêche, ce décor était à la fois faux et un peu vrai quand même. Quand tu regardes le film, il en dit long sur une époque qui n'est plus.

— Tu me le montreras ?

— Bien sûr ! Tu verras… Si tu regardes bien chaque image, tout paraît incroyable, inconcevable pour notre époque ! Les gens de la rue sont bien habillés. Les hommes portent une veste, une cravate, une pochette – même les photographes ! Les femmes portent des robes, elles sont coquettes, apprêtées. Et le pire, le pire, c'est qu'ils ont l'air heureux ! Boulangers, garçons de café, policiers, employés, ouvriers ou bourgeois, les gens se parlent, se croisent, sourient…

Malo sourit aussi.

— Côté paillettes, pareil ! Les stars vivaient dans un monde à elles, s'habillaient, se maquillaient, étaient éclairées comme des stars. Elles roulaient dans des voitures de stars, habitaient dans des grandes villas de stars. Elles avaient des noms de stars, Ingrid Bergman, Sophia Loren, Ava Gardner, elles portaient des toilettes incroyables (au mot « toilettes », Malo pouffe, forcément), et tu avais peu de chances de les croiser dans la rue… À Monaco ou à Cannes, leurs cavaliers s'appelaient Cary Grant, Gregory Peck ou Maurice Ronet, que des messieurs magnifiques, les cheveux brillantinés, le smoking impeccable, au volant d'une Facel-Vega (Malo ouvre des yeux ronds mais je ne m'arrête pas), eux c'étaient des seigneurs, eux, c'étaient des modèles, leurs bateaux étaient blancs et ornés d'acajou, pas des fers à repasser de nouveaux riches. Alors, oui, pourquoi pas, opérette, je veux bien, nostalgie, je veux bien, mais tu vois, mon Malo, il y avait là une tenue, une classe, une élégance à jamais disparues… Tout était romanesque, peut-être parce que l'art l'était aussi, que les cinéastes, les écrivains, les chanteurs célébraient l'amour, la vie et l'aventure. Bref, j'aimais mieux avant, dans les trains, comme dans tout, on pouvait baisser la vitre et il y avait du vent, plus de vent, ça sentait bon les paysages, le ballast et les quais de gare la nuit, je ne sais pas, la vie était une fête dans laquelle tout le monde se plongeait, comme on se plonge dans l'eau. À propos d'eau, tu n'as pas soif? Si?

— Un peu...

— C'est moi qui t'abreuve de mes paroles, mon pauvre Malo, pardon, je suis bavard.

— Non, c'est bien, ça me fait des imazes, répond Malo d'une voix faible, comme celles que la maîtresse me donne quand z'ai bien travaillé.

— Comme quoi on revient aux bonnes vieilles méthodes.

Malo va remplir son verre au lavabo, à ras bord. Il boit comme tous les enfants, à grands glouglous, les deux mains agrippées au verre tenu verticalement comme si lui aussi allait être englouti. Je fais de même, à ceci près que mon verre n'est pas rempli d'eau mais de mon excellent médoc.

— Si je te raconte tout ça, Malo, c'est que j'aurais bien aimé te faire connaître cet âge d'or. Tu sais, je te parle de Monaco parce qu'à l'époque on croyait encore aux rêves de princesses. Mais à Paris aussi, dans les grandes villes, et dans les campagnes, on était plus heureux. Si tu écoutes les vieux (Malo me regarde l'air de dire : « Ce que je suis en train de faire! »), ils te l'affirmeront tous : les gens allaient danser, pique-niquer, se baigner dans la rivière, même dans la Seine! À l'époque, on n'avait pas besoin d'être riche pour goûter au vrai luxe. Parce que je vais te dire, quand tu vois que des années après… Malo ?… Malo ?… Allô ?…

Malo a sombré d'un coup, il roupille à poings fermés. Je remonte le drap sur cet enfant qui n'y peut décidément rien si le monde n'a pas saisi sa chance. La fatigue d'entendre un vieux radoter, à son chevet, ses vieilles lubies alcoolisées a fini par avoir raison de son attention. Et la quiétude de ce visage inaltéré, encore indifférent aux turpitudes humaines, me remplit à la fois de bonheur et de crainte.

Quand il n'y a plus de soldats à combattre, même plus d'ennemis devant lesquels se coucher, seulement des vieilles idées à ressasser, mieux vaut aller dormir – et c'est ce que je fais. J'ignore encore que le lendemain matin, je vais me réveiller avec dans l'esprit ce drôle de cauchemar : Grace Kelly descendant de son paquebot, non pas sous le soleil, mais sous un ciel d'orage ; non pas sous les vivats, mais sous les crachats ; houspillée par la foule parce qu'elle est belle, parce qu'elle est riche, parce qu'elle est en robe et parce qu'elle est princesse ; puis trébuchant soudain et tombant de la passerelle pour finir étalée de tout son long sur le quai, la tête la première, dans la boue.

11

La Lionne revenue à bon port, dûment dotée de ses ceintures de sécurité réglementaires, nous n'en continuons pas moins, les jours suivants, nos déplacements vélocipédiques. Malo n'aime rien tant que de parader à bord de sa carriole, émergeant d'un fatras de poireaux, de bouteilles, de baguettes de pain, de boîtes de conserve et de paquets de nouilles. Son plaisir s'accroît lorsque, à la faveur d'un virage pris à la corde, la carriole vient à déraper, chassant sur le goudron jusqu'à lever une roue comme le char de Ben-Hur en pleins jeux du cirque. Des jeux auxquels je me prête volontiers, poussant sur mes pédales et me mettant en danseuse pour augmenter l'allure, sous les cris enthousiastes de mon petit cocher.

Malo « profite », comme on dit. Son teint se cuivre jour après jour, ses cheveux brillent au soleil, il émane de lui une force et une assurance qui lui faisaient défaut à son arrivée. Agile, rapide, il ne manque pas une occasion de tester sa force ou son adresse. Ici, c'est une cible étroite qu'il vise avec une pomme de pin, et il est rare qu'il ne réussisse pas. Là, c'est une branche de mimosa, haut placée, qu'il décide de décrocher, souvent avec succès. Sans s'en rendre compte, il fait partie de ces êtres qui ont la chance de faire corps avec les éléments, en lien direct avec le monde, la vie, sans que rien – méfiance, ironie – ne vienne interférer dans cette harmonie. C'est fascinant d'observer cela. Il aime, il sourit. Il n'aime pas, il le dit. Il est contrarié, il l'exprime. Il est heureux, il le traduit. Sans calcul, sans doute, sans question, avec le naturel de ceux qui sont, dès le plus jeune âge, disposés à prendre le meilleur sans perdre de temps. Dans cette attitude, juste l'envie d'aller tout de suite à l'essentiel pour accéder plus vite au miel de la vie. Ce qui n'empêche ni coups de cafard, ni vertigineuses questions d'enfant. C'est dans ces moments-là que je vois mon petit-fils non pas perdu, mais perclus, absorbé dans des pensées que je devine sombres ; c'est dans ces moments-là, aussi, que je lui prends la main, pour lui éviter la tentation inconsciente, et précoce, de s'y complaire – pour lui faire préférer l'envie de s'amuser.

— Grand-Paria ? me lance un jour Malo après que je l'ai bordé.

— Oui ?

— Ça me fait peur, l'éternité.

— Hein ?

— Après la mort, ça me fait peur de vivre et de vivre et de vivre, tout le temps, touzours… que ça ne s'arrête pas, zamais…

— Mais qu'est-ce que tu racontes ?

— Le soir, quand tu fermes la porte, tu sais, ze me fais une cabane avec mes coussins, autour de ma tête, et ze ferme les yeux, et ze réfléchis très fort, et ze me dis qu'après la mort, ça ne s'arrête zamais, et tout à coup z'ai trop peur, alors z'allume la lumière.

— C'est bien ! Tu as raison ! Dans ces cas-là, tu prends un livre et tu lis pour penser à autre chose.

— Ce qui serait bien, c'est une mort après la vie après la mort.

— Autant mourir tout de suite une bonne fois pour toutes, alors !

— Oui, mais z'ai peur, z'ai peur de mourir. Ze ne verrai plus ma maman, ni mon papa. Ni toi.

Ma déglutition me fait l'effet d'avaler deux balles de tennis, sans une goutte de salive pour faire passer. Pas étonnant que ma voix s'en trouve râpée. Je m'y prends à deux fois pour n'en rien laisser paraître.

— Faut pas penser à ça, allons…

— Grand-Paria, tes yeux, ils sont brillants.

Je le reprends, il y avait longtemps et, en l'occurrence, ça m'arrange bien.

— Tes yeux *sont* brillants, ça ira. Un sujet suffit. Je sais bien que c'est la mode d'en mettre deux pour que tout le monde *il* comprenne, mais quand même. En plus, c'est à cause de la bombe à moustiques, c'est elle qui m'irrite les yeux. Allez, dors… et si tu as des pensées tristes, tu allumes la lumière et tu lis un livre.

— Zustement, l'autre jour, z'ai pris un livre d'imazes, mais on voyait des zens barbus dans des grandes tozes blanches, et ils étaient dans les nuazes, et le livre disait qu'ils étaient dans la vie éternelle, et moi ze ne veux pas être comme eux…

— Mais ils avaient l'air triste ou joyeux ?

— Ils n'avaient pas d'yeux, alors on ne peut pas dire. Il y avait zuste leur visaze tout blanc, et ils avaient une barbe, et un cercle derrière la tête et, moi, ça me fait peur.

Foutus illustrateurs de bouquins de catéchisme, ça leur arracherait la mine de dessiner des gens qui sourient sous leurs auréoles ? Ils sont là pour mille milliards de siècles au moins, alors autant bien faire les choses, non ?

— Je comprends, mon Malo. Peut-être que le dessinateur du livre ne savait pas dessiner les yeux, les nez, les bouches… alors, il a fait au plus simple. Mais l'important n'est pas dans ce livre, tu sais. L'important, c'est maintenant, c'est ici ! C'est ce qu'on va faire demain pour s'amuser ! C'est la mer, le soleil, tout ça ! Tu crois que les écureuils, quand ils s'amusent dans les arbres, ils se demandent s'ils vont vivre pour l'éternité avec une grande barbe ?

Victoire… ça s'apaise sous le front, ça rigole dans les coussins.

— Dors bien, mon Malo.

— Dors bien, Grand-Paria.

— Dors comme un bébé.

— Ze suis pas un bébé.

— Je sais. Alors pas de cauchemar, hein ? Promis ?

— Promis.

Deux heures après, un hurlement déchire le silence de la terrasse.

— Grand-Paria ! Grand-Pariaaa !

Je me rue dans sa chambre, j'ouvre la porte, j'allume. Malo est littéralement assis sur sa tête de lit, le dos grimpant le long du mur, les yeux fixant ses pieds en train de repousser rageusement d'invisibles ennemis. Il hurle.

— Les crabes ! Les crabes !

— Où ça des crabes ?

— Partout ! Ils grimpent ! Partout !

— Malo, il n'y a pas de crabe, pas un seul, dis-je en le prenant dans mes bras.

Je sens ses petites mains s'agripper à mon dos et, dans mon cou mouillé par ses larmes, sa voix cassée qui insiste :

— Des crabes, Grand-Paria…

Il faudra la lumière, un verre d'eau et une inspection générale des draps, des couvertures et même sous le lit pour convaincre Malo qu'il n'y a pas l'ombre d'une pince à l'horizon.

Le lendemain, une salade bien fournie fait notre repas. En garniture, quelques miettes d'une chair absolument exquise, un rien iodée, fondante. Malo s'en délecte, finit son assiette, la sauce d'un bout de pain – la nettoie, devrais-je dire –, puis demande :

— C'était bon ! Qu'est-ce que c'était ?

— Du crabe.

Dans son expression, je ne sais pas ce qui tient du plaisir de la vengeance ou de la légère vexation qu'il éprouve à s'être fait avoir. Pour faire bonne figure, il déclare :

— C'est pas vrai.

— Juge par toi-même, dis-je en lui montrant les deux boîtes de conserve récupérées dans la poubelle.

Il sourit, beau joueur, avant de conclure :

— Bien fait pour eux.

Il en va de ce jour comme des jours suivants. Malo et moi sommes désormais soudés par une sorte de connivence diffuse qui, pudeur oblige, ne se formule pas. Mais le fait est là. Jour après jour, je ne me lasse pas de voir évoluer ce garçon. Si l'avenir du monde est à son image, s'il incarne une parcelle de ce que sera l'humanité demain, et s'il y a une toute petite chance pour qu'aux quatre coins du monde les Malo soient nombreux, alors il y a lieu d'espérer. Cela aussi, je me garde bien de le lui dire. L'important est de lui durcir le cuir face à toutes les créatures rampantes, sournoises et marchant de biais qui tenteraient d'attenter à son bonheur. Non pas que les activités auxquelles je l'initie durant son séjour aient un quelconque rapport avec l'entraînement des Marines ! Ni que j'aie à cœur d'en faire un homme, un vrai, un bon petit soldat, loin de moi cette idée ! Mais tout de même, consciemment ou non, le fait qu'il sache se débrouiller dans la vie, bien se servir de ses deux mains, ne pas pleurnicher pour un rien n'est pas pour me déplaire. On ne sait jamais, cela pourra lui servir au cas où les choses tournent vraiment mal. En ces temps extrêmes, un tsunami, une bombe, une émeute, un génocide sont si vite arrivés. Savoir chasser, pêcher, vivre de la forêt et de l'eau, savoir bricoler, recycler, fabriquer, réparer, cela pourrait un jour lui être vital – parole de pessimiste. Il ne s'agit pas de stocker le sucre et l'huile dans un réflexe couard, mais tant que l'on peut joindre l'utile à l'agréable, voire à l'amusant, pourquoi s'en priver? Aussi, en quelques jours, Malo est-il, par exemple, capable de cueillir des poissons au cordeau, selon une technique parfaitement illégale mais diablement efficace, qui consiste à poser de nuit, le long des roseaux, des hameçons accrochés à l'aplomb de flotteurs en liège. Quand l'aube se lève sur l'étang, il suffit de récupérer la mise : un calicoba, un brochet, une tanche ou, avec de la chance, une anguille, une belle anguille toute luisante et frétillante, qu'il faut tuer rapidement. La première fois, c'est peu dire que Malo rechigne à assister à cette mise à mort. Mais, assez vite, il ne se fera pas prier pour assommer la bête contre une pierre, avant de la découper en tronçons réguliers qui continuent longtemps de gigoter, chacun de leur côté.

« La mort, ça s'apprend, comme le reste, dis-je à Malo. Autrefois, dans les campagnes, quand une fermière coupait le cou à un poulet, que le sang tombait à grosses gouttes grasses dans la bassine, on n'en faisait pas toute une histoire. Les enfants assistaient au spectacle. Pareil pour celui de la vie! Quand un veau, un poulain, un agneau sortait des entrailles de sa mère. Ah là là!... Faut-il que nous soyons sensibles pour nier la nature au prétexte de la défendre! Bientôt, je t'apprendrai à piéger un lapin, comme quand j'avais dix ans. Les lapins, pendant la guerre, on les trouvait très mignons, mais on les mangeait quand même parce qu'on n'avait pas le choix. Alors le premier crabe qui t'emmerde, tu le regardes dans les yeux et tu l'invites à aller faire le malin ailleurs. S'il insiste, tu lui montres qui est le plus fort : tu prends une pierre et tu l'écrases comme un œuf. »

Il ne faudra pas non plus longtemps à Malo pour savoir réparer un pneu de vélo – en l'occurrence, un petit vélo d'enfant, avec ses roulettes, crevé à l'avant et à l'arrière depuis des lustres. Des minutes pour déloger la chambre à air de la jante, un bac d'eau pour voir où les bulles se forment et permettre de localiser le trou, un stylo à bille pour marquer l'emplacement du trou quand le caoutchouc est sec, un petit grattoir, une goutte de colle à laisser poisser, une rustine et le tour est joué. On remonte le tout, on donne un coup de pompe « et le vélo est comme neuf ».

— Pourquoi on n'en rachète pas un? demande Malo. Moi, ze trouve que ça irait plus vite.

— Mais parce que ça coûte de l'argent, tout simplement! dis-je sans sévérité. Pourquoi acheter, toujours acheter, quand on peut faire durer les choses? Pourquoi jeter, toujours jeter, grossir les décharges, quand on peut réparer? Tu as remarqué que les verbes « jeter » et « acheter » étaient très proches? Cette machine, je la jette, cette machine, je l'achète, ça sonne pareil... Et voilà comment la fuite en avant continue, et vas-y que j'achète, et vas-y que je jette, et tant pis pour la planète! En plus, ça rime! Tu vois, je suis un poète. Un grand poète paria.

Le temps d'un silence, je reprends mon souffle.

— Tu sais, Malo, ce que je te dis, ce n'est pas une question de radinerie. Je te parle juste d'un système qui s'essouffle. Comment t'expliquer cela? Un système qui éclate, tiens, comme une vieille chambre à air, à force d'être gonflée artificiellement. Tu vois, ta génération a été habituée à acheter, toujours acheter, à ne pas respecter les choses... C'est normal, de nos jours les choses ne valent rien, elles sont même fabriquées pour ne pas durer!

— Hein? s'exclame-t-il, non pas pour donner le change ou faire diversion, mais cette fois sincèrement étonné.

— Oui! Aujourd'hui, un lave-linge, un frigo, un four, c'est programmé pour ne durer que, allez, cinq ou six ans!

— Mais c'est bête!

— Bien sûr que c'est bête! Mais c'est comme ça! Ça s'appelle l'économie de marché! La société de consommation ! C'est fait pour que les gens, au bout de cinq ou six ans, achètent une nouvelle machine. Et l'ancienne, qui aurait pu fonctionner encore des années, on la jette dans une grande décharge. Le problème, c'est que le monde, un jour, ne sera plus qu'une grande décharge!

— C'est kriste...

Aïe. Une fois encore, je réalise que cet enfant, contrairement à moi, a toute la vie devant lui. Il faut rectifier le tir, et vite.

— Mais non, ce n'est pas triste, au contraire ! C'est un fabuleux défi! Ce n'est pas triste si ta génération est décidée à changer les choses ! Mais je ne m'inquiète pas, ça m'a l'air bien parti, il n'y a que les mots qui soient différents. Maintenant, on parle de recycler là où nous, on parlait de ravauder, réparer, repriser, faire durer les choses... Maintenant, on parle de « bio » – tout le monde n'a que ça à la bouche ! – là où nous, on parlait de bonnes patates du potager ou de cerises juste cueillies dans l'arbre... La nature, quoi ! Maintenant, on parle de gestes pour la planète, je l'ai encore lu l'autre jour sur des affiches, là où, avant, on trouvait tout simplement stupide de laisser couler l'eau ou de quitter une pièce sans éteindre l'ampoule. Cela s'appelait gâcher, on n'avait pas besoin de grands mots ou de slogans publicitaires, gâcher c'était gâcher, on avait retenu ça de la guerre, on pensait qu'après toutes ces privations, ces destructions, ces vies sacrifiées, on allait repartir du bon pied, mais non, c'est le contraire qui s'est produit. Tu comprends ?

— Oui, oui, répond Malo distraitement, en faisant tourner la roue du petit vélo encore renversé sur la selle.

— Regarde cette roue. Elle tourne rond, elle, au moins... Tic tic tic, comme sur des roulettes ! Eh bien, le monde, c'est pareil. Il tournerait mieux si on préservait les choses. Le vieux Frigidaire de la cuisine, il marche très bien ! Et la Lionne, elle marche très bien ! Et moi, je marche très bien ! Tu vois que les vieux trucs sont faits pour durer !

Malo rigole franchement. Pendant ce temps, je vais chercher une clé à tube dans une vieille boîte de biscuits Lu.

— Tiens, on va fêter ça !

— Ah bon ?!

— Renversé pour renversé, on va lui enlever ses petites roues. C'est pour les bébés, ça ! Tu vas apprendre à faire du vélo, sur un vrai vélo.

C'est parti. Nous voici dans l'allée gravillonnée, Malo pédalant et moi trottinant à ses côtés – « Pas trop vite, pas trop vite ! » –, ma main enserrant fermement son bras gauche. À cette course s'ajoute l'effort pour corriger ses zigzags. Le guidon va de droite à gauche, désordonné, un peu fou, comme les cornes d'une vachette un jour de feria. J'imprime du mieux que je peux les pressions nécessaires au maintien de son cap. « Doucement, doucement », dis-je dans un ahanement, tandis que Malo tire la langue, un peu grisé, plus appliqué que jamais. Sous les pneus bien dodus, les gravillons défilent à en perdre la tête. Puis soudain ils basculent. Une douleur fulgurante me traverse la poitrine, me mord l'épaule gauche. Aussitôt, je lâche prise. Au moment où je m'effondre, c'est pour lui que j'ai peur. Avant de me retrouver allongé par terre, de tout mon long, j'ai juste le temps de le voir continuer tout seul, hurlant de bonheur, les jambes pareilles à deux pistons mus par une bielle folle. Juste le temps de sourire. Mais comme je ferme les yeux, les mains sur la poitrine, étendu sur le sol, c'est un tout autre cri qui me parvient de loin. Le cri d'un gamin qui, parvenu au bout de l'allée, vient de comprendre pourquoi son grand-père, pourtant si fier, n'applaudit pas à ses nouveaux exploits ; le cri d'un garçon qui, posant son vélo à terre, court vers le vieil homme le plus vite qu'il peut.

Si je dois mourir maintenant, qu'il en soit ainsi, je mourrai heureux d'entendre cette course martelant le goudron ; mais malheureux, aussi, de n'avoir pu accompagner plus avant cet enfant dans la vie, une main sur son épaule. Mais il faut croire que ce n'est pas pour aujourd'hui : comme si elle devait céder la place, la douleur me quitte à regret à la seconde même où Malo arrive. Et à moins que les anges ne portent des espadrilles et un polo bleu ciel, c'est bien la main de mon petit-fils que je sens à présent se poser sur mon cœur.

— J'ai dit que je marchais encore bien… mais de là à courir…

— C'est pas drôle, Grand-Paria. Tu m'as fait peur.

— Les grands cyclistes n'ont pas peur. Anquetil n'avait pas peur.

— Qui c'est ?

— C'était un type qui fonçait sans se fatiguer. Vers les sommets. Comme toi.

— Ah.

— On ne va peut-être pas rester là.

— Tu peux te lever ?

— Bien sûr ! Mais doucement.

Un ancêtre rouillé se déplie peu à peu, d'un revers de la main époussette son pantalon, d'un revers de la main balaie ses soucis de santé, tandis que son petit-fils, hauban dérisoire sur un mât qui a vu d'autres tempêtes, s'accroche à lui comme pour le tenir droit. Belle alerte, malgré tout. S'agirait pas que ça recommence si l'on ne veut pas voir les parents débouler avant l'heure et, par là même, gâcher la fête.

— Terminé les bêtises, dis-je en bombant le torse. Toi, tu continues le vélo mais, moi, c'est régime repos. Régime tout-en-auto. La Lionne va devenir à la fois cheval, chameau, éléphant, un bestiaire à elle seule. Ça tombe bien, elle adore ça.

— Ze pourrais la conduire, ça te fatiguera moins, propose Malo.

— J'aimerais bien. Cela dit, ça va être difficile. Je connais les gendarmes, mais tout de même.

— Tu peux m'apprendre !

— Bien sûr ! Viens, on va faire un tour. Après une chute, il faut tout de suite remonter en selle. Fût-ce sur un dos de Lionne.

Ce n'est pas sans grincements que la belle se laisse finalement dompter. Assis sur mes genoux, timide puis exalté, Malo contemple le volant qu'il tient entre ses mains avec les yeux éblouis d'un chercheur d'or remontant des pépites au creux de son tamis. Comme il m'a vu le faire, alors que le paysage défile et que le vent s'engouffre dans l'habitacle, il éprouve cette sensation de tenir franc la barre, de garder le cap au-delà de la pointe de la poupe, de sentir chalouper la Lionne, qui ronronne. Il se tient droit et digne, avant-bras potelés et doigts crispés sur la bakélite. Je respire à plein nez sa petite nuque bronzée, elle sent la crème solaire à la noix de coco. L'air de rien, nous faisons route vers le bonheur.

Le bonheur, ça va être, au fil des jours suivants, de voir Malo dessiner la Lionne sur du papier Canson, avec à l'intérieur un gamin tout sourire et un bonhomme étrange, moustachu et dûment chapeauté, sous un soleil citron et un ciel gribouillé au feutre bleu. Le bonheur, ça va être nos parties de grenouille, de fléchettes, de pétanque, nos bains de mer d'initiés, à l'heure où les autres désertent la plage, nos châteaux de sable toujours plus grands, nos quatre-quarts et nos crêpes toujours mieux réussies. Le bonheur, ce sera de voir fondre les glaces de *Pinocchio* le long de nos doigts, de nous barbouiller de sucre avec des chichis brûlants d'huile, de me laisser vaincre au jacquet et aux dames presque sans le faire exprès, et surtout, surtout, victoire suprême, de constater les progrès de Malo au diabolo – il n'est plus un batteur de fond de salle, mais un chef d'orchestre ! Il manie à merveille les baguettes du jeu, avec calme et souplesse, bercé par le souffle du diabolo prêt à décoller, et dont seul l'envoi soudain en l'air, bien à la verticale vers la cime des pins, interrompt l'hypnose. Rien n'est plus beau, alors, que de voir Malo, baguettes écartées, yeux écarquillés, accueillir le projectile, amortir sa chute sur le fil qui ploie comme sous le pied d'une funambule, puis reprendre son geste, le faire rouler encore, recommencer, battre son propre record, jusqu'à la certitude d'être devenu un maître.

Autant de moments privilégiés dont je vais finir par réaliser qu'ils ne tiennent qu'à un autre fil, celui du téléphone noir posé sur la cheminée. En cette fin d'après-midi d'une journée comme les autres, la sonnerie se met à résonner dans la grande salle, mais pas à l'heure habituelle. Certes, Jean appelle assez régulièrement mais, jusque-là, ses coups de fil n'ont été que de simples escales techniques à horaires réguliers, se réduisant à quelques questions simples et, surtout, toujours brèves, histoire de ne susciter aucun manque chez l'enfant, aucune mélancolie, que la voix d'un père ou d'une mère provoque immanquablement quand vient le soir. Cette fois, c'est différent, et nous nous surprenons, Malo et moi, à sursauter ensemble.

— J'écoute.

— Oui, bonsoir, c'est Leïla.

— Ah, bonsoir. Je vous passe Malo ?

— Oui, enfin… après… Il faut d'abord que je vous dise…

— Oui ?

— Mon retour du Maroc est avancé. Je pense venir chercher Malo un peu plus tôt que prévu.

— Pardon ?

Malo s'approche, intrigué, s'apprête à prendre l'écouteur, comme il aime à le faire. Je lui fais signe d'aller jouer à l'étage en attendant que je l'appelle. À l'autre bout du fil, sa maman confirme.

— Je pense venir chercher Malo le 23. Le mardi 23.

— On n'avait pas dit un mois ?

— Si, si, mais j'ai eu un impondérable et… Enfin, de toute façon, j'imagine que ça va vous alléger un peu, c'est quand même lourd, un enfant, comme ça, si longtemps…

— Lourd ? dis-je, furieux d'entendre ma propre voix se fissurer contre mon gré.

En pénitence, et pour récupérer mon timbre, je la laisse patauger dix longues secondes dans le souffle silencieux du combiné – quelque chose qui s'apparente à la mer dans le lointain, mais en plus crépitant, en plus métallique. Elle émerge comme elle peut.

— Ce n'est pas ce que je voulais dire. Je sais que vous avez été formidable, je vous en remercie infiniment, mais…

— Ne vous donnez pas cette peine. Je ne vous demande pas de me passer de la pommade. Simplement, on avait dit un mois, et un mois, c'est un mois. C'est un peu facile, vous comprenez ? Vous partez, vous débarquez… On n'est pas dans une pension de bord de mer, ici. Je suis avec mon petit-fils, on s'amuse bien et on a encore beaucoup de choses à faire.

— « On s'amuse bien » ? Mais vous avez quel âge ?

— Soixante-dix-sept ans. Et, oui, si vous voulez savoir, je ne me suis jamais autant amusé… Ça vous étonne ?

— Et lui ? Il s'amuse ? Vous pensez que je ne lui manque pas ?

— Sans doute que si. Vous êtes sa mère. N'empêche qu'il ne vous a jamais réclamée. Bien sûr qu'il demande de vos nouvelles, mais ce n'est pas le genre à pleurnicher pour cela. Sauf la nuit, trois ou quatre fois, et encore.

— La nuit ? C'est-à-dire ?

— Vous savez… Il rêve parfois de crabes, de crabes qui montent le long de son lit et viennent le dévorer.

— Mais c'est terrifiant !

— Pas assez, sans doute, pour que vous l'ayez retenu : je vous en ai déjà parlé.

— Pas du tout ! Jamais !

— J'imagine que la communication passe mal.

— Oui, on n'a qu'à dire ça... Et vous avez fait quoi ?

— Ah, le retour de la grenouille.

— Quoi ?

— Holà, elles sont plusieurs, on dirait...

— Je n'y comprends rien ! Vous me parliez de crabes, maintenant de grenouilles...

— Non. Les crabes, c'est la nuit, quand Malo fait des cauchemars.

— J'ai bien compris, et alors, justement, vous faites quoi dans ces cas-là ?

— Les premières fois, je suis allé le consoler, je lui ai donné un verre d'eau, je lui ai même lu des histoires et il s'est rendormi. Mais la dernière fois, c'était plus sérieux, il pleurait vraiment, alors j'ai cédé, je lui ai permis de dormir dans mon lit.

— Quoi ?

— Ah, un crapaud, peut-être..., dis-je dans un murmure.

— Malo a dormi dans votre lit ?

Elle s'étrangle. Elle répète, elle reformule, elle articule pour que la réalité de cette idée s'imprime dans le mou de son cervelet. Mieux encore, avec le ton d'un procureur, elle passe de l'interrogation à l'affirmation.

— Malo a dormi dans votre lit !

— Eh oui. C'est un crime ?

— Bien sûr que c'est un crime ! Vous ne lisez pas les journaux ? Y en a plein les colonnes, de ces histoires dégueulasses ! Il faut vous faire un dessin ?

Difficile de garder mon calme, mais j'y parviens. Ma voix est comme une arme : blanche.

— Précisément non, je ne lis pas ce genre de journaux, ni aucun autre, d'ailleurs… Ça m'évite de me mettre des horreurs dans la tête et de voir le mal partout.

— Mais c'est pas le mal partout !… Ça arrive tous les jours ! Même là où on ne s'y attend pas ! On ne fait pas monter un petit garçon dans ses draps, c'est tout !

Au bout de la lame, le sang-froid vient à manquer. Mon cœur se met à battre plus que de raison. Il faut que j'écrase le crabe, et vite.

— Écoutez-moi bien, espèce de malade. Je ne sais pas ce que vous allez chercher dans votre petite tête d'hystérique paranoïaque. Je ne fais pas « monter » mon petit-fils dans mes draps comme une pute fait monter un client dans sa chambre d'hôtel. Je suis un grand-père qui permet à son petit-fils de dormir dans son lit, oui, à l'autre bout de son grand lit, bordel, pour que ce gamin puisse s'endormir tranquille, apaisé, loin de ses cauchemars, comme ça s'est fait de tout temps, depuis que le monde est monde, depuis que les enfants rêvent, avant que les saloperies de certains viennent tout salir. Ce qui est un crime, vous voyez, c'est de tout mélanger, de faire l'amalgame. Ce qui est un crime, c'est que vous osiez m'accuser, c'est que ces pensées abjectes vous effleurent l'esprit. Vous devez être très seule, ou très atteinte, ou d'une bêtise insondable pour être ce que vous êtes et, franchement, ça me fait de la peine pour Malo. Bonne nuit.

Un vieux téléphone, quand on le raccroche brutalement, ça a une autre gueule qu'un portable moderne dont on appuie sur le petit bouton. Là, c'est toute la violence du choc, tout le poids du combiné qu'on se prend dans la figure et, en général, on en reste un peu sonné. Leïla n'échappe pas à la règle. Il lui faut deux bonnes minutes pour s'en remettre. La voilà qui rappelle, du moins, je le pressens.

— Oui.

— Écoutez, je suis désolée, je ne voulais pas... Enfin, j'ai paniqué, je vous présente mes excuses.

— Je les accepte volontiers.

— Merci.

— Décidément, entre nous, ça ne colle pas trop, hein ?

— Vous l'avez dit, la communication passe mal...

— C'est le moins que l'on puisse dire.

— Vous m'en voulez, je comprends. Vraiment, je vous demande pardon.

— Justement, il y aurait un moyen de vous faire pardonner...

— Dites toujours.

— Laissez-moi Malo comme c'était prévu.

Dans le combiné, la mer sous le crachin reprend ses droits. S'y ajoutent de longues respirations, par vagues. Et, enfin :

— C'est d'accord.

— Alors, c'est à moi de vous dire merci.

J'entends son sourire – un sourire s'entend très bien au téléphone.

— Avec tout ça, je n'ai pas parlé à Malo, dit-elle.

— Il joue là-haut. Donnez-moi un instant, je vous le passe.

12

À le regarder pêcher le lançon aux abords des roseaux, de l'eau jusqu'aux chevilles, avec des pas de héron, une envie triste me vient de compter les secondes qui me séparent de la fin. Le temps goutte comme l'épuisette que Malo tient à la main, le temps goutte et je n'ai rien à y gagner, rien à y attraper, je sais d'ores et déjà qu'il me laissera bredouille.

— Elle te plaît, l'épuisette ?

Une petite voix s'élève de dessous le chapeau.

— Oui mais bon, y a pas un lançon.

— Ça va venir ! Patience !

La patience dure environ quarante secondes, puis cesse net. Malo revient vers moi tout soupir, joues gonflées et pas traînant. Le manche de l'épuisette, la belle épuisette du *Singe rouge*, se voit fiché sans ménagement dans le sable, drapeau planté en territoire conquis. Je lance un joyeux :

— On va se baigner ?

— D'accord, dit-il en se levant d'un bond. Puis, me tendant la main : Allez !

— On y va mon bonhomme, on y va…

Tête la première, nous plongeons dans le temps. Il nous porte, nous rafraîchit, nous éclabousse. Je m'y enfonce, j'y rince le sable qui me colle au corps, je m'en lave les mains. Le temps ne vaut que si l'on s'y prélasse. Le prévoir, c'est déjà se noyer.

— Regarde ! jappe Malo en pleine brasse.

— Magnifique… Tends les bras, et les jambes, voilà… Fais la grenouille, je t'autorise, pour une fois. Et j'ajoute : Pour une fois, quoi.

C'est malin. Malo rigole, avale de l'eau, toussote, boit à nouveau la tasse, panique, mouline, se débat. Je fonce à sa rescousse. Dans mes bras, il se frotte les yeux, finit d'expectorer. Comme tous les enfants, il a une corne sur la tête, un genre de guimauve de cheveux mouillés. Alors qu'il revient vers le bord un peu tremblant, l'idée me vient de le prendre en photo.

— Un petit sourire pour *Clic Reporter* ?

— Mmmm…

— Tu boudes ? Dans ta serviette orange, on dirait un moine tibétain.

— Mmmmm…

— Les moines ne boudent pas, ils restent braves, dis-je pour clore le débat.

Assis à même le sable, Malo regarde l'étang, songeur. Pour lui aussi, le compte à rebours fait des ronds dans l'eau.

— Grand-Paria ?

— Oui, ô grand moine.

Malo ne trouve pas ma répartie très spirituelle et l'évacue d'un pied distrait fouillant dans le sable.

— Grand-Paria, tu vas rester seul, alors ?

— Eh oui, mais j'ai l'habitude, tu sais.

— Mais là, tu seras seul après moi.

— Tu as tout dit.

Une risée plisse la surface de l'eau. En écho, le front de Malo se ride aussi.

— Tu vas être kriste.

— Oui, très. Heureusement, mon frère va peut-être passer me voir.

— L'oncle Dundee ?

— Tu le connais ?

— Oui, papa m'a parlé de lui… Pourquoi il s'appelle l'oncle Dundee ?

Je souris.

— Parce qu'il habite dans un village tout près de Dundee, qui est une ville d'Écosse, un très joli pays au nord de l'Angleterre, je te montrerai sur une carte.

— Pourquoi il habite là-bas ? demande-t-il d'un ton las, sans y penser.

— Parce qu'il a épousé une Écossaise. Comme ça, ils peuvent s'échanger leurs jupes, dis-je pour dissiper les nuages qui s'amoncellent juste au-dessus de nos têtes, sur environ deux mètres carrés, microclimat dont seul le cœur est le baromètre.

— Leurs zupes ? demande Malo, sourire en coin.

Gagné. Je suis un grand météorologue.

— Tu n'as jamais vu d'Écossais ? Là-bas, même les hommes portent des jupes. On appelle ça des kilts.

— C'est ouf !

— Tu l'as dit, c'est fou.

— Et ton papa et ta maman, ils sont tous morts ? demande Malo avec cette liberté absolue qu'ont les enfants quand ils changent de sujet.

— Oui… tous, ne puis-je m'empêcher de répondre en riant.

— Ce n'est pas drôle. Moi, mon papa et ma maman, ils sont séparés.

— C'est vrai, mais ils t'aiment, c'est ça le plus important.

— Nous deux aussi, on va être séparés.

Je n'ai aucun à-propos, sinon celui de ne rien dire.

— Allez, viens, tu vas prendre froid.

— Z'ai dézà froid.

Alors oui, ou plutôt non, pour ne pas nous noyer dans un temps chaque jour asséché, nous allons faire comme si de rien n'était. Nous n'allons pas nous préparer à voir son débit s'amenuiser jusqu'à émettre un son creux et rauque, semblable à celui de la pompe à bras du jardin lorsqu'elle est mal amorcée. Au contraire, Malo et moi allons puiser dans la fraîcheur comme des irresponsables qui gâchent leurs réserves en plein désert. C'est la main dans le sac, ou plutôt les paumes en creux au fond de notre source, que nous avons décidé de nous laisser surprendre, gamins complètement insouciants de la soif qui s'annonce. Même le jour J, le jour où il est dit que le flux prendra fin, même ce jour-là nous en profiterons à pleines gorgées, c'est dire. Si bien que lorsque cette échéance arrive *vraiment*, lorsqu'au retour de l'océan nous voyons la voiture de Leïla garée devant la maison, Malo et moi sommes sincèrement étonnés. Et à peine étonnés de notre étonnement ! Bien sûr, suis-je bête, nous sommes le dernier jour d'août. À vivre comme des primitifs, nous l'avions presque oublié et, de fait, conformément à sa promesse, la mère de Malo est là. Pris de court alors que c'était pourtant tellement à prévoir, j'entends ce cri du cœur qui déchire le mien : « Maman ! »

Et Malo de bondir hors de la Lionne, à peine celle-ci arrêtée. Et Malo de répéter à l'envi, en courant vers sa mère : « Maman ! Maman ! » Que dire ? Sinon que c'est beau à en pleurer. Que faire ? Sinon rester en retrait, moteur tournant, comme hésitant, avec la tentation de partir loin, le plus loin possible de cet endroit de la terre ? « Maman ! » Je sens la Lionne prête à tourner casaque, je la sens impatiente, elle n'aime pas être ainsi dédaignée, portière ouverte, obligée de prêter le flanc après s'être laissé si souvent apprivoiser par le petit dompteur. Mais je la connais bien, son ronronnement redevient doux et je peux à présent la laisser dormir à l'ombre, et moi-même je reste encore un peu, juste un peu, avec elle.

À l'entrée du jardin, Leïla tient Malo blotti contre elle. Elle a laissé tomber son sac à ses pieds quand il lui a sauté dans les bras et, à présent, plus rien ne compte autour d'eux. Elle a le menton posé sur son front, elle respire ses cheveux, paupières baissées. Une branchette craque sous mon pas.

— Bonjour, me lance-t-elle calmement, braquant son regard sur moi et déposant Malo à terre.

— Bonjour…

— Je me suis permis d'entrer…

— Vous avez bien fait, vous êtes chez vous.

Silence gêné. J'essaie de prendre un ton badin :

— Vous avez fait bonne route ?

— Oui, très bonne, d'ailleurs, je ne pensais pas arriver si tôt…

— C'est parfait comme ça.

— Tout s'est bien passé ? Il ne vous en a pas trop fait voir ?

— Si, de toutes les couleurs, mais des couleurs magnifiques. Il a été formidable. Je ne pouvais pas rêver petit-fils plus… plus merveilleux.

Elle semble déstabilisée. Le compliment n'appartient pas à mon registre habituel. Pour la mettre à l'aise, je l'entraîne avec moi. Malo suit, tête baissée.

— Venez. Vous avez soif ?

— Oh, juste un verre d'eau, je ne dis pas non.

— Il y a de l'Antésite, si vous voulez.

— Merci, juste de l'eau…

— Dommaze, c'est trop bon ! lance Malo.

Je me retiens de corriger, de lui dire que rien n'est *trop* bon, que le mot « trop » désigne un excès, mais tant pis, je passe mon tour, je n'ai déjà plus le cœur à ça et, de toute façon, je le lui ai déjà répété cent fois, il semble l'avoir déjà oublié. Leïla regarde autour d'elle. J'y vois comme une manière d'inspection, là où il n'y a peut-être qu'une simple curiosité.

— Eh oui, voilà mon petit paradis. C'est simple, mais on y est bien.

— J'imagine, dit-elle sans conviction.

Pendant qu'elle boit son verre d'eau, Malo la tire par la manche :

— Viens, je vais te montrer ma chambre !

— Bonne idée, Malo, tu fais visiter à ta maman, pendant ce temps je vais chercher ton linge sur le fil.

Malo fait à sa mère les honneurs du palais. Ému aux larmes, je l'entends faire l'article de ces quatre murs, de cette chambre simple, peu meublée, sobrement décorée. Il n'y a pas une once d'ironie dans sa voix – c'est là un trait d'adulte dont les enfants sont incapables. Il est sincèrement content de montrer à ma presque bru combien il a été heureux dans ces lieux, durant vingt-neuf jours et un peu plus de seize heures. Au gré des portes qui s'ouvrent et se referment, sa voix monte ou descend en intensité, se perdant dans l'édredon d'une molle approbation. La visite s'achève, je n'oublie pas le guide.

— Tiens, dis-je en glissant un billet de vingt euros dans la paume de Malo.

— Pourquoi ?

— Pour toi. Pour la visite. Et pour avoir été ce que tu as été pendant ces vacances. Tu pourras t'acheter des bonbons. Comme ça, tu penseras à moi.

— Merci, Grand-Paria.

— Grand quoi ? demande Leïla, interloquée.

— Grand-Paria. C'est une blague entre lui et moi.

— Ah, souffle Leïla en remplissant un autre verre sous le robinet de l'évier.

Je passe une main sur la tête de Malo en prenant un malin plaisir à le décoiffer. Je sens Leïla préoccupée. Après une gorgée, elle se retourne vers moi.

— Mais dites-moi, il n'y a pas de télé ?

Nous y voilà. Ce n'est plus ma belle-fille, c'est une assistante sociale.

— Ah non. Pas plus qu'il n'y a ici de jeux vidéo qui rendent crétins ou de chewing-gums qui font ressembler les gens à…

— À des veaux ruminants ! complète Malo, du tac au tac.

— Voilà. Tout ça, ici, c'est proscrit. Question de principe.

— En tout cas, bravo, il a bien appris sa leçon, dit-elle en retirant quelque chose de sa bouche pour le mettre dans la poubelle.

— Si vous saviez, justement, tout ce qu'il a appris pendant ces quelques jours… C'est un élève comme tous les profs en rêveraient.

Leïla lève un sourcil dubitatif, m'incitant à poursuivre sur un ton qui se veut conciliant.

— Je veux dire par là : d'accord, c'est vrai, il n'y a pas de télévision ; d'accord, Malo a dû rater pas mal d'émissions pour les enfants de son âge, pas mal de dessins animés…

— Qu'il adore.

— N'empêche qu'aujourd'hui il sait ce qu'est une baïne, à quoi servent les oyats, comment on récoltait la résine autrefois et de quoi se nourrissent les martins-pêcheurs… N'est-ce pas, Malo ? Il sait le cycle des marées, pourquoi l'eau de l'étang est douce et non pas salée, comment on répare un pneu crevé, l'heure de sortie des hérissons.

— Essentiel, en effet, tranche Leïla, caustique, en se fendant d'un sourire gingival, en tous points pareil à celui d'une jument.

— Oui, essentiel. Absolument essentiel. Je maintiens, même si vous semblez en douter.

— Non mais franchement, vous vous entendez ? ricane-t-elle. Vous vous entendez ?

Et le ricanement de se muer – j'avais vu juste – en un hennissement aigu, entrecoupé de gloussements.

— L'heure de sortie des hérissons... Alors ça !

Impassible, je regarde Leïla se répandre littéralement en hoquets chevalins. Je vois ses grandes dents, bien plantées dans une pâte couleur fraise, luire du bonheur total de la moquerie facile. Cette femme pleure de rire et j'ai envie que ça cesse. Mais le pire n'est pas là. Le pire, c'est de glisser un œil vers Malo et de constater qu'il se mord les joues pour ne pas partir, lui aussi, dans un fou rire. Seule la peur de me trahir l'empêche – à peine – de craquer.

— Malo ?

Pas de réponse.

— Tu veux bien aller faire ta valise, s'il te plaît ?

Malo acquiesce.

— Merci, mon grand.

Mon petit-fils s'éloigne, certainement soulagé, sous les dernières fusées d'un rire qui s'éteint. Je regarde sa mère, consterné.

— Ah oui, j'ai oublié de vous dire.

— Oui ? pouffe-t-elle encore.

— Malo sait aussi découper les anguilles vivantes en plusieurs tronçons réguliers. Ce qu'il trouve le plus drôle, c'est de voir que les morceaux gigotent encore pendant un long moment après avoir été coupés.

— Quoi ? s'étrangle Leïla en s'agrippant à l'évier, tandis que je prends soin d'aller fermer la porte de la cuisine.

— Eh oui, que voulez-vous ! C'est la vie ! C'est la nature ! Vous aimez la nature, non ? Vous faites du Vélib' et vous mangez bio ?

— Mais c'est répugnant ! Vous êtes complètement taré !

— Comme vous y allez… Je vous parle de pêche et de gastronomie, et voilà comment vous le prenez.

Leïla se sert un autre verre d'eau.

— Rassurez-moi… vous lui avez mis d'autres joyeusetés du même acabit dans le crâne ?

— Je lui ai parlé d'avant, si vous voulez savoir, du temps où les trains avaient les fenêtres ouvertes, où le vent s'engouffrait dans les compartiments, à grandes bouffées pleines d'odeurs de campagne, de ballast et de pluie, du temps où les bus avaient des plateformes derrière lesquelles les gens couraient, auxquelles ils s'agrippaient, presque sous les applaudissements, où l'on pouvait se faire la cour l'air de rien en traversant Paris, du temps où les choses se prêtaient mieux à la poésie, tellement mieux qu'aujourd'hui, vous voyez, rien de bien méchant.

— Vous et vos vieilles lunes… Avec un peu de chance, vous allez m'en faire un petit garçon bien triste, bien déprimé, bien négatif sur son époque. Comme lavage de cerveau, on ne fait pas mieux.

— Pas du tout, au contraire, nous n'avons pas cessé de rire et de nous amuser, d'apprécier. Je lui ai appris à regarder les choses, à les goûter, à se souvenir de ce qui est beau et bon. C'est un crime ?

— Ce qui est un crime, c'est d'instiller dans le crâne d'un enfant de la mélancolie. Elle n'a rien à y faire, dans sa tête il ne devrait y avoir de la place que pour l'avenir, l'espoir, la joie de vivre.

— La joie de vivre ? Il m'en a donné et je le lui ai bien rendu, si vous voulez savoir. Mais la joie de vivre ne va pas sans lucidité. Je lui ai dit comment je voyais le monde, avant qu'il ne soit trop tard.

— Trop tard pour vous ou pour le monde ?

— Pour les deux. J'ai juste eu envie d'en faire quelqu'un de bien. Et puis Malo comprend, lui, ce que vous appelez mélancolie. Il n'y a pas de mal, d'ailleurs, à être mélancolique ! Ni à être nostalgique ! Ça aide à se souvenir qu'à une époque les gens avaient des tripes, de l'estomac, que les gens s'engageaient, décidaient de leur vie, avaient du panache, ne craignaient pas l'aventure, pas même l'aventure d'avoir un amour pour la vie…

— Et qu'ils ne se séparaient pas pour un oui ou pour un non, hein, c'est ce que vous allez me dire ?

— Vous me l'ôtez de la bouche. Et qu'ils ne faisaient pas un gamin à la légère, sans y penser, comme ça, pour voir, avant de se séparer trois ans après et d'abandonner leur gosse dans la nature, ballotté ici et là, ou, pis encore, laissé pendant tout le mois d'août entre les mains d'un vieillard grincheux, persuadé que plus rien ne sera comme avant et que l'humanité est complètement foutue, sauf…

— Sauf?

— Sauf si, précisément, elle met son avenir dans les mains d'un enfant comme le vôtre.

Leïla ne peut s'empêcher de laisser échapper un sourire furtif, qu'elle réprime aussitôt. Par un geste mécanique de pure convenance, sinon de pure contenance, elle nettoie le verre et le pose à l'envers sur le vaisselier. Puis s'essuie les mains le long de ses hanches, réajuste une mèche derrière une oreille, regarde autour d'elle, comme traquée, avant de planter, embarrassée, son regard dans le mien et de conclure tristement :

— Bon, eh bien, je crois qu'on s'est tout dit.

— Je crois, oui.

— J'ai du mal à vous suivre, franchement, mais… merci pour Malo. Merci de vous être occupé de lui, de lui avoir donné tout ce temps. Il a l'air en pleine forme.

— C'est moi qui ai reçu, reçu de lui, beaucoup. Ce qu'il m'a donné n'a pas de prix. Un peu d'espérance, juste un peu.

— Tant mieux.

Sur ces mots, un léger grincement se fait entendre. La porte s'ouvre à peine, laissant apparaître la petite tête d'un Malo un peu confus.

— Z'ai fini, glisse-t-il.

— Nous aussi, lui répond sa mère, presque en même temps que moi.

Je mets quelques secondes à réaliser qu'en effet c'est fini. Que dans dix minutes, il ne restera de Malo, dans cette maison, que trois dessins scotchés sur le Frigidaire. Et une présence dans une chambre dont on sent qu'elle vient d'être quittée.

— On va juste faire un dernier tour, dis-je tristement à Malo. Vérifier que tu n'as rien oublié.

Je prends la tête de ce cortège qui, pour être réduit, n'en a pas moins la pesanteur d'un enterrement. Je m'arroge le droit de saisir la main de Malo, ce à quoi sa mère consent de mauvaise grâce. Du coin de l'œil, je la vois qui se plie à l'exercice avec une légèreté feinte, démentie en permanence par les regards ostensibles qu'elle jette sur sa montre. Jeunes pousses nouées autour du vieux cep de vigne, les doigts de Malo serrent les miens. J'en ai la chair de poule. Les portes s'ouvrent, se referment. « Ici, rien… là, c'est bon… »

Nous arrivons dans la chambre, où la petite valise de mon pensionnaire est sagement posée sur le lit. Mon cœur se serre : dans la perfection de ce rangement, je perçois un empressement auquel je ne m'attendais pas. Un désordre sujet à reproches nous aurait fait gagner du temps. « Bravo, mon Malo, c'est nickel, dis-je en m'étranglant. Je te félicite. »

Ici, un livre oublié sur un fauteuil en rotin. Là, un polo suspendu sous un arbousier, ce matin au soleil mais à présent dans l'ombre. Ici encore, des espadrilles laissées près du robinet extérieur, signe que Malo, jusqu'au bout, n'oubliait pas de rincer le sable de ses pieds au retour de la plage. De petites découvertes en objets dénichés, le répit est, hélas, de courte durée. D'autant qu'il ne m'a pas échappé qu'après l'étape de sa chambre, Malo a repris la main de sa mère, et non la mienne. Nous sommes sur le point de gagner la voiture de celle-ci lorsque deux gros yeux familiers attirent notre attention : se haussant du col en dehors du garage, sa gueule chromée souriant jaune, la Lionne se rappelle à notre bon souvenir.

— La Lionne ! m'écrié-je, tout heureux de gagner quelques instants. Tu as regardé à l'intérieur ?

Malo a déjà détalé.

— Z'y vais !

— Et n'oublie pas de lui dire au revoir, elle y est très sensible !

Je me retourne vers Leïla, à qui le fait que l'on puisse saluer un tas de tôle échappe complètement.

— Vous voulez l'accompagner ? Vous verrez, j'ai bien fait mettre une ceinture.

— Pas la peine, je vous fais entièrement confiance.

— À la bonne heure.

Moins par envie ou politesse que par souci de rester sur une note un tant soit peu harmonieuse, je propose à Leïla, avant qu'elle ne parte, de faire quelques pas jusqu'à la plage. « Je vous promets, ça vaut le coup d'œil », lui dis-je avec des accents de guide touristique. Elle accepte volontiers. Nous parlons bouées (« Je les lui ai mises, même s'il a fait de beaux progrès en brasse »), bateau (« Bien sûr, il portait son gilet ») et pêche aux cordeaux (« Il va de soi que Malo ne manipulait pas les hameçons, en plus, ils sont rouillés, d'ailleurs, il est bien vacciné contre le tétanos ? »). N'importe quoi, n'importe quel fayotage pathétique, n'importe quelle forfanterie, pourvu que soit retardé le moment du départ.

Le départ, parlons-en. Ou peut-être ne vaudrait-il mieux pas, qui sait. Alors que Leïla et moi revenons de la plage, quelle n'est pas ma surprise de voir Malo déjà installé à l'arrière de la voiture de sa mère, prêt à partir. Surprise, le mot est faible et, faible, je le suis aussi – à vrai dire, je ne sens plus mes jambes. Serais-je trompé par un reflet, un sac, un appuie-tête ? Je me penche pour mieux voir, mais non : derrière la vitre, c'est bien Malo qui est assis sur la banquette. Je n'en reviens pas. Sa mère non plus qui, gênée, ouvre la portière pour lancer à son fils, d'un ton faussement enjoué :

— Eh bien alors, mon Zouzou (*Zouzou* ?), on ne dit pas au revoir à son grand-père ?

— Mais ce n'est rien, ce n'est pas grave, dis-je le cœur lourd de ce léger oubli.

De fait, Malo a beau agir comme tous les enfants pris en faute, mordre sa lèvre inférieure, sourcils levés, en signe d'embarras, le mal est fait. Pis, en faisant cela, il aggrave son cas. En un instant, il vient d'endommager un mois de proximité. En un instant, il vient de me rappeler, sans conflit, en douceur, la distance infinie qui me sépare de sa mère. Cette distance, aucun bras ne pourra la réduire ou la combler, ne serait-ce que partiellement – y mettrais-je tout l'amour, toutes les bouées et toutes les glaces *Pinocchio* du monde.

C'est cela que j'essaie d'accepter en serrant Malo contre moi, c'est cela que je tente d'oublier dans des bredouillements rigolards auxquels personne ne croit.

— Ah ! Ces artistes, mais quels distraits ! Alors comme ça, tu allais partir sans me dire au revoir ? Le soleil a un peu trop tapé sur ta p'tite caboche, tu ne crois pas ?

— Pardon, Grand-Paria, dit-il, tout honteux, les yeux humides.

— Paria, c'est vraiment le mot… Allons, ce n'est pas grave, est-ce que je pleure, moi ?

— Ben…

— Oui, bon, ça suffit, allez, file ! Et attache-toi bien, hein ? Et prévenez-moi quand vous serez arrivés ! Promis ?

Une main se tend vers moi. Je me surprends à m'y agripper.

— Au revoir, Leïla. Bonne route, hein, n'allez pas trop vite.

— Encore merci pour Malo… Ça va aller ?

— Ça va aller. J'en ai vu d'autres. Allez, soyez gentille, partez vite maintenant.

La voiture démarre, Malo me fait des signes à travers la vitre puis pivote complètement et m'en adresse d'autres, tardifs, dérisoires, à travers la lunette arrière. À mesure que s'éloigne la voiture, il doit voir ma silhouette s'amenuiser, s'amenuiser. Le grand-père qui en a vu d'autres n'est plus, à cet instant, qu'un tout petit bonhomme sous la cime des pins, un papy de rien du tout dont les bras, encore endoloris d'avoir porté un enfant, sont comme remplis du sable de la dune. Mais alors que la voiture disparaît à l'angle de l'allée, une drôle de voix vient me maintenir debout, m'éviter de m'effondrer complètement.

« Chacun sa loyauté, me chuchote-t-elle à l'oreille. Toi, ce sont tes vieilles lunes. Lui, c'est sa mère. Tout d'un bloc. Entier, comme le sont les enfants. Tu ne peux rien y changer, ça te fait de la peine, mais tu devrais en être fier : il est comme toi, il est tout toi, c'est bien ton petit-fils. »

Je ne sais pas où je vais en puiser la force, mais le fait est qu'au tintement de ces mots je ne puis m'empêcher de sourire. Oui, je souris, et pas à n'importe qui. À ceux-là mêmes qui m'ouvriront bientôt leurs portes. Aux anges.

Jean, Malo et le Vieux

(épilogue)

13

C'est un appartement comme il y en a beaucoup à Paris. De l'extérieur, on a envie d'y entrer tant l'atmosphère y semble douillette, la lumière douce, diffusée par de vieux abat-jour posés un peu de guingois près des fenêtres. C'est à peine si on ne se hisse pas sur la pointe des orteils, si on ne se met pas debout sur les cale-pieds de son scooter pour mieux y jeter un œil, protégé par la nuit. Mais à l'intérieur, une fois gravis les deux étages d'un escalier peint en marron, après avoir appuyé sur le bouton d'une sonnette enrouée, on est déçu, immanquablement déçu que ce soit si petit, toujours trop petit. Bien sûr, il y fait bon vivre, mais les fenêtres étaient flatteuses et l'apparence, trompeuse : dans ces lieux se bousculent un canapé, une table croulant sous le fouillis des papiers en cours, une chambre-bureau où le lit prend ses aises, une chambre d'enfant barbouillée au feutre, des bouquins en piles, des DVD en vrac, une cuisine pas bien grande et une salle de bains dont les miroirs s'embuent d'un rien. Autant dire qu'on en a vite fait le tour.

À l'observer en coupe, cet appartement de poupée, on voit un enfant de neuf ans, dans sa chambre, en train de regarder un dessin animé sur l'ordinateur, tandis qu'un homme, probablement son père, passe de pièce en pièce, visiblement un peu nerveux, d'abord parce que l'eau des spaghettis met vraiment du temps à bouillir malgré le gaz ouvert à fond, ensuite parce que la femme rencontrée chez des amis la semaine dernière, cette femme qui ne lui déplaît pas, prend elle aussi son temps pour répondre à son texto. Le soir, à l'heure des infos, la télé baigne le séjour d'une clarté bleutée qui semble vouloir dire « faites de beaux rêves » mais qui, en réalité, n'est là que pour faire digérer, au moment du dîner, les pires cauchemars de la planète. La présentatrice a une voix monocorde et son botox n'a pas pris une ride, elle connaît les grands de ce monde et les médiocres de son petit monde, elle sait battre des cils ou infléchir son timbre quand il faut compatir à l'annonce des morts et, allez, repartir d'un sourire quand une star américaine vient sur le plateau vendre sa dernière soupe. Tout cela ronronne gentiment, tout cela vous ferait presque frémir l'eau d'une casserole et même calmer en douceur un homme en état d'ébullition, si une goutte d'eau apparemment anodine, une seule goutte, ne venait à cet instant d'en décider autrement – de ces gouttes d'eau inoffensives qui font déborder la surface des choses.

— Malo !

— …

— MALO !

— Oui ?
— Qu'est-ce que tu regardes ?
— Mais rien !
— Avec qui tu parles ?
— Personne !

Jean finit de vider le sachet de spaghettis dans la grande casserole. Pour cause de voyages incessants de Leïla, il a fini par obtenir la garde de Malo. Depuis, il fait des pâtes à toutes les sauces et les recettes de spaghettis n'ont plus de secret pour lui. Trop pressé, il se brûle au contact de la casserole, s'énerve, passe la main sous l'eau froide, jette comme il se doit l'emballage en plastique dans la poubelle des recyclables (la jaune), puis fonce en direction de la chambre de son fils. Malgré le dessin punaisé sur la porte, qui montre un pitbull armé d'un marteau disant « Je frappe avant que tu sois entré », Jean l'ouvre sans ménagement.

— Tu te fiches de moi ou quoi ? Avec qui tu...

En face de lui, le Vieux, du moins son visage, sur l'écran de l'ordinateur, plein cadre, un peu flou, légèrement en contre-plongée, mais bien présent. Le Vieux qui ne le voit pas – il ne voit que Malo, mais qui devine la situation et sourit.

— Salut, fiston, lance-t-il pour venir au secours de son petit-fils.

— Papa ? balbutie Jean en trouvant un appui sur le lit de Malo.

— En chair et en os. Enfin, presque.

D'un coup de hanche, Jean bouscule son fils et prend sa place sur le lit. Puis il saisit le portable à pleines mains comme on empoigne un type par le revers de la veste pour le soulever de terre et lui parler les yeux dans les yeux.

— Hou là, ça bouge…

— Tant mieux ! grince Jean. Tu me vois là ?

— Arrête, j'ai la tête qui tourne.

— Voilà, je pose l'écran. Tu me vois bien ?

— Très bien ! Un peu trop, même… Ne parle pas trop près, ça fait des postillons.

Malo étouffe un rire. Voyant cela, Jean s'affaisse, réellement abattu.

— OK, OK. Bon. Vous pouvez m'expliquer tous les deux ? dit-il maintenant d'une voix blanche, ayant du mal à reprendre son souffle, et regardant tour à tour la tête de son fils et celle de son père, laquelle, par un sortilège que la technique n'explique pas complètement, ressemble à celle d'un décapité qui continuerait de parler après être passé sur l'échafaud.

— Ben…, commence Malo.

— Tu ne connais pas Skip ? enchaîne le Vieux, ravi de son effet.

— Skip, c'est une lessive, papa. Oui, je connais Skype.

— Skaïïïïpe, si tu préfères, oh là là !… Vous et votre anglais…

— Désolé, on le prononce comme ça, je n'y peux rien, mais ce n'est pas la question, la question est : qu'est-ce que tu fais sur Skype, là, maintenant ?

— Moi aussi, je suis content de te voir.

— Mais arrête ! Mets-toi à ma place ! Tu disparais pendant un an, je n'ai *aucune* nouvelle de ta part, je m'inquiète, et soudain te voilà, comme par magie, tout sourire, sur le lit de mon fils ! Tu comprends que je sois un peu énervé, non ? Et d'abord, d'où tu connais Skype, tu peux me le dire ?

Le Vieux se rengorge.

— « D'où tu connais Skype ? » Mais tu t'entends parler ?

— On s'en fout ! Réponds-moi, pour une fois !

— Pfff...

Devant le sourire goguenard de son père, Jean s'en remet à son fils.

— Eh bien, parle, toi, puisque ton grand-père en est incapable !

— Ben..., recommence Malo.

— Eh oh, Jean, gronde la voix dans l'écran, c'est pas de sa faute, hein ? Tu as eu la garde de ton fils, bravo, mais n'en profite pas pour passer tes nerfs sur lui.

— OK, je me calme, soupire Jean, de plus en plus abattu. Mais alors, vous me dites tout. Depuis combien de temps ça dure, votre petit manège ? Et comment c'est arrivé ?

— Si tu arrêtes de t'énerver, on va t'expliquer, hein, Malo ?

— D'accord, Grand-Paria.

— Attends. D'abord, je vais couper le feu sous les spaghettis, se radoucit Jean en se levant, histoire de reprendre pied et d'être sûr qu'il ne rêve pas.

Dix secondes plus tard, il est de retour. Le voilà qui s'assied sur le lit, bien calé, l'ordinateur sur les genoux.

À ses pieds, des Lego. À ses côtés, Malo, mais aussi une panthère noire, un Marsupilami et un ours blanc. En face de lui, sur l'écran, un vieux lion, crinière et fine moustache blanches, maintien encore souverain, griffes intactes.

— Bon, je vous écoute, dit Jean en regardant la petite caméra.

— Vas-y, pose tes questions.

— Première chose : tu peux me dire où tu es ?

— Chez mon frère.

— L'oncle Dundee ?

— Je n'en ai qu'un.

— À Dundee ?

— Tu m'épates.

— Il pourrait se faire appeler « oncle Dundee » et ne plus habiter à Dundee.

— C'est vrai. En l'occurrence, il habite toujours à Dundee. Du moins, pas très loin, dans la campagne, dans un village en bord de mer nommé Albroath.

À ce moment-là, des pas se font entendre, puis une grosse tête rouge à col roulé apparaît sur l'écran. Le sosie du Vieux, en plus jovial et sans cheveux ni moustache.

— Hello, dit la tête rouge d'une voix de stentor qui fait trembler les murs.

— Oncle Dundee ?

— *Himself*, rigole la tête.

— Il a entendu son nom, alors forcément, il a voulu dire bonjour, s'excuse presque le Vieux.

— Il a bien fait ! répond Jean, ému. Salue-le de ma part… Il se souvient de moi ?

— Évidemment ! La dernière fois qu'il t'a vu, tu devais avoir quinze ans, tu n'as pas tant changé que ça.

— À peine.

— Et puis j'ai des photos de Malo et toi dans ma chambre.

— Ça, c'est gentil. Et le poster de Leïla, il ne prend pas trop de place ?

— Très drôle. Bon, on continue ?

— Je veux, mon neveu, dit Jean, qui commence à trouver la situation plaisante. Qu'est-ce qu'on se disait, déjà ?

Mais voilà que la grosse voix tonne de nouveau, comiquement hors champ.

— *Bye everybody !*

— C'est oncle Dundee qui vous dit au revoir, croit bon de préciser le Vieux, impassible.

— *Bye oncle Dundee*, lancent en chœur Jean et Malo – et cette fois la scène devient surréaliste, digne d'une série américaine complètement fabriquée.

Le Vieux ne s'y trompe pas.

— « *Bye oncle Dundee* », répète-t-il dans une parodie parfaite, les épaules secouées par le rire. Vous vous seriez vus ! Je te rassure, il parle français presque comme toi et moi !

— Enfin, ça fait quelques années qu'il est là-bas, quand même. Il aurait pu oublier… Il est toujours dans le saumon ?

— Eh oui, que veux-tu, c'est sa passion. Ici, ça marche mieux qu'en Irlande, il emmène des touristes en bivouac, avec feu de bois et tout et tout. Et moi, à leur retour, je me régale !

— Tant mieux ! En plus, c'est très sain. Bon, on en était où ?

— À Skip… pardon, Skype, parvient à dire le Vieux entre deux hoquets.

— Oui, c'est ça. Alors, racontez-moi, comment vous êtes-vous connectés ?

— Ben, c'est moi, murmure Malo.

— Comment ça ?

— Il s'est douté que j'étais chez mon frère, poursuit le Vieux. Je lui en avais beaucoup parlé à Lacanau. Alors, que veux-tu, c'est de son âge, il l'a cherché sur Internet, il a essayé plusieurs adresses, avec point, sans point, jusqu'à ce qu'il tape « oncledundee@gmail.com ».

— Et ça a marché ! conclut triomphalement Malo.

— Pas bête ton fils, hein ?

Jean se frotte les yeux.

— Attends, je me pince, c'est toi qui parles comme ça ? C'est bien toi, c'est sûr ? Ce n'est pas un clone ? Il y a un an, tu ne savais pas qu'Internet existait ! « oncledundee@gmail.com », non mais je rêve !

— N'exagère pas, quand même… Et puis, il faut bien vivre avec son époque, non ? ricane le Vieux, avec un sourire en coin.

— Ben voyons. Et alors ?

— Alors ton fils a envoyé un mail à mon frère.

Jean pivote vers Malo.

— Tu as une adresse mail, toi ?

— Je suis passé par celle de maman, en donnant mon nom.

— De mieux en mieux… Et ensuite ?

— Ensuite, c'est tout simple, enchaîne le Vieux. Ils ont pris un abonnement Skype, et zou ! J'ai communiqué avec mon petit-fils, en direct, avec l'image et le son.

— Mais depuis quand ?

— Je ne sais pas moi… trois ou quatre mois ? Hein, Malo ?

— Ben… oui…

Jean se frotte à nouveau les yeux, respire à fond, expire fort, bouge la tête, fait travailler ses cervicales, sprinteur déconcentré qui s'en remet à l'échauffement pour dissiper son trac face à tant d'obstacles dressés devant lui.

— Ça va? s'inquiète le Vieux. Tu es tout pâle. Même d'ici, je le vois.

— Ça va. C'est juste que… enfin, je n'ai pas de mots. Je n'en reviens pas.

— Mais de quoi ?

— Mais que vous jouiez à ce petit jeu depuis quatre mois ! Tous les deux ! Dans mon dos ! Comment je dois le prendre, moi ? Vous vous êtes posé la question ? C'est hyper-blessant ! Hyper-violent, même !

— On allait te le dire, papa, tente un Malo troublé de voir les yeux de son père briller.

— Mais on voulait prolonger un peu les vacances à Lacanau… rien que nous deux. Tu comprends ?

— Non, je ne comprends pas. Je vous aurais foutu la paix, rassurez-vous. Mais au moins, je me serais moins inquiété pour toi !

Le Vieux toussote, ne se démonte pas :

— Et puis, c'était notre secret. C'est sacré, un secret, tu ne crois pas ?

— Je n'en sais rien, je suis perdu, là. Mais toi, papa, ça ne te dérangeait pas de faire porter le poids d'un secret sur les épaules d'un gamin de neuf ans ? Ça ne te posait aucun problème ?

— Non, pas avec Malo. Et puis on savait bien qu'un jour tu allais deviner, te douter de quelque chose…

— Deviner ? C'est pas vrai, tu te fous de moi ! explose Jean, à bout. Comment veux-tu que je devine ? Avec un fils censé jouer tranquillement aux Sims, le soir, sur mon ordi, et un père qui a tourné le dos à la technologie depuis l'invention de la machine à coudre ! Je t'entends encore parler d'Internet, des portables, des mails et de toutes ces « conneries », soi-disant ! Et tu te pointes maintenant la gueule enfarinée en me parlant de connexion sur Skype, avec l'image et le son ! « Deviner » ! Et puis quoi encore ? T'es dingue ou quoi ? Tu me prends pour Nostradamus ? Franchement, ça ne te réussit pas, la panse de brebis farcie !

Silence. À l'écran, on ne voit plus qu'un crâne. Le Vieux a baissé la tête, il réfléchit. Puis, avec ce léger décalage, ce ralenti décomposé qui, sur Skype, donne toujours un peu l'impression de communiquer avec un cosmonaute dans son module, son visage réapparaît plein cadre, très près de la caméra, un peu déformé par l'angle. Sur le lit, les peluches ont l'air plus vivantes que Malo et Jean, statufiés par l'attente.

— D'abord, reste poli, attaque le Vieux. Je n'ai pas la gueule enfarinée. Moi, j'ai la gueule d'un père qui, justement, craignait ce qui est en train d'arriver.

— À savoir ?

— Que son fils lui reproche d'avoir retourné sa veste.

— Je ne comprends pas.

— Tu le fais exprès ? Que tu te moques de moi parce que, oui, après avoir craché sur toutes ces choses, j'en découvre tout à coup les vertus. Enfin, celles de Skype, du moins. C'est génial, ce truc !

— Oui, comme beaucoup de choses d'aujourd'hui, tu sais. Enfin tu le reconnais ! C'est déjà un début. Mieux vaut tard que jamais.

— Comme tu dis. Le problème, c'est que « jamais », quand on a presque quatre-vingts ans, c'est très bientôt. Alors que veux-tu, pour parler à mon petit-fils, de loin, oui, j'ai changé d'avis. Ou du moins, *lui* m'a fait changer d'avis. M'a ouvert les yeux… et les oreilles, en l'occurrence.

— Comme quoi ça sert d'avoir une descendance, et de sortir de sa bulle. Mais ce n'est pas tant ça que je te reproche… C'est plutôt le fait que, s'il n'y avait pas eu ce soir, vous auriez encore continué longtemps votre petit manège.

— Détrompe-toi. Malo voulait te le dire. Et moi aussi. On savait qu'on se ferait avoir à un moment ou à un autre, on voulait prendre les devants. C'est comme à la pêche aux cordeaux…

— Même une anguille méfiante se fait piéger un jour, complète Malo.

— Je vois que vous avez bien appris l'un de l'autre, en tout cas, s'attendrit Jean.

— Leïla m'a dit ça un jour. Il faut croire que c'est à la mode, le rapprochement des générations !

— Eh, oh, papa, museau. Ne me parle pas de mode, hein ? Ni de tendance, ni de nouveaux courants. Pas toi. Ce n'est pas parce que ton petit-fils t'a initié à Skype qu'il faut te prendre pour un parangon de modernité.

— L'anguille te remercie pour ton honnêteté, conclut le Vieux, un rien ironique.

— Et la petite anguille devrait en faire autant, murmure Jean à l'oreille de son fils.

Quelques secondes s'écoulent sans qu'un mot soit échangé. Entre ces trois visages, le silence qui s'installe est tel qu'on jurerait que le son a été coupé, non seulement sur le réseau, mais aussi dans l'appartement. Le moindre bruit semble étouffé sous les coussins, tenu en respect par l'ours blanc. Et puis, soudain, la voix du Vieux :

— J'ai soif.

— Hein ?

— Pardon, mais c'est l'heure de mon Glen Moray. Un seize ans d'âge fabuleux, au goût un peu sucré, auquel je ne peux pas résister. Tout le vent et la tourbe des Highlands dans un verre, que mon frère a la bonne idée de me servir chaque soir, au coin du feu. Juste avant le dîner. Ici, c'est une tradition sacrée. Je ne peux y déroger, tu ne m'en veux pas ?

— Je ne t'en veux pas. Pas pour ça, en tout cas. Du moins, à condition que tu me fasses goûter un jour un peu de ton Glen machin, là…

— Glen Moray. Promis. On se dit à demain pour la suite du programme ?

— D'accord. Même heure, même chaîne. Bonsoir, papa.

— Bonsoir, fiston. Bonsoir, mon Malo.

— 'Soir, Grand-Paria…

Et l'écran de se remplir de nuit. Et Malo et Jean d'y voir confusément, mais sans se l'avouer, un même triste augure.

*

Le lendemain, même heure, même lieu, même lit. Pour parler à son père, Jean demanderait presque l'autorisation à son fils. Celui-ci lui laisse un peu de place – à vrai dire, un coin de matelas –, mais de mauvaise grâce. C'est qu'entre le vieil homme et l'enfant le rituel était, pour le coup, bien installé. Et depuis un moment déjà.

À l'heure pile, le visage du Vieux apparaît à l'écran et se rembrunit aussitôt : ce n'est pas Malo qui est au bout de la ligne.

— Cache ta joie ! Ça te fait plaisir de me voir, on dirait, attaque Jean.

— Mets-toi à ma place ! Je m'attendais à découvrir une petite bouille d'enfant…

— Et tu découvres une grosse bouille d'adulte.

— Voilà. Comprends que je sois surpris.

— Pas autant que moi !

— Comment ça ?

— Eh bien, de te voir là, à l'écran ! Je n'en démords pas. Faut que je me pince pour m'y faire, tu sais…

— On se fait à tout.

— C'est toi qui le dis ! Skype, on ne peut pas faire plus emblématique de notre époque ! Ça me travaille depuis hier soir. Tu m'étonneras toujours.

— Je te dis, on change !

Jean et Malo échangent un regard.

— Juste un mot et après je te passe Malo, promis. Tu ne m'as pas raconté… Qu'est-ce qui t'a pris de partir comme ça, d'un coup, comme une envie de pisser ?

À l'écran, le Vieux se met à rire franchement. Il baisse la tête, la secoue, réfléchit. Quand il la relève, son expression a complètement changé.

— Comme une envie de pisser, c'est exactement ça. Pardon pour le gosse mais, en bon français, je dirais plutôt : une envie de dégueuler. Tu sais ce qui m'a fait partir ?

— Non, justement.

— Un truc que j'ai vu à la télé…

— À la télé ?

— Oui, par accident… C'était un samedi, à Garches, je n'avais rien dans mon frigo, j'ai décidé d'aller dîner tôt dans un bistrot pas loin, un petit boui-boui pas cher, sans prétention, mais très bien. Pas de bol, comme il y avait un match de foot le soir même, le patron avait décidé d'installer dans son rade une nouvelle télé, écran géant et tout et tout, histoire d'attirer de la clientèle. Bref, tu devines la suite, j'avais déjà commandé mon petit menu lorsqu'il a allumé tout fier son nouveau bijou.

— Et alors ?

— Et alors... je n'allais pas partir, c'était trop tard, et puis le patron est gentil, je ne pouvais pas le planter là avec son plat du jour. Bref, je suis resté. Et j'ai subi. J'ai subi les nouvelles du monde, en continu, déblatérées par un joli couple, un type aux cheveux laqués et une pépé, pas mal d'ailleurs, le genre hôtesse d'accueil, un rien vulgaire mais pas mal.

— C'est déjà ça. Et alors ?

— Alors j'ai vu, j'ai entendu. Pendant une demi-heure, une sorte d'inventaire à la Prévert de l'horreur, une litanie de bombardements, de civils tués, d'enfants massacrés, de riches trop riches et de pauvres toujours pauvres, de forêts décimées et d'animaux en déroute... Un concentré d'impuissance, de lâcheté, d'injustice, un truc à vraiment désespérer des hommes. Et le tout mis bout à bout, sur un ton égal, par la blonde et son comparse, avec l'air de trouver ça tout à fait normal. Je te vois sourire... Je sais, ça fait con à mon âge, hein ?

— Je n'ai rien fait, murmure Jean, interdit.

— Comment te dire, Jean... Désolé, ce n'est pas très gai, mais... devant mon assiette refroidie, j'ai été gagné par une vraie colère, une colère d'adolescent, tu sais, un peu naïve, radicale, manichéenne, mais saine.

Tu te souviens d'*Hibernatus*, je t'avais emmené le voir, ce type que l'on dégèle après des décennies de sommeil, eh bien, j'avais la même tête que le héros devant sa télévision, quand il découvre les sous-marins, les missiles et les bombes… Sauf que là, pas de grimaces, pas de mimiques, rien de drôle. J'étais estomaqué, effaré, au bord de la nausée. Alors voilà, je suis parti. J'ai fermé la maison, pris quelques objets personnels, quelques photos, trois valises, j'ai embarqué le tout dans le coffre de la Lionne et zou ! Un peu de bateau, des petites routes, quatre jours après j'étais à bon port. Sans regret ! Après tout, ta mère n'a pas fait autre chose quand elle est partie avec son théâtreux de MJC qui planquait sa connerie sous sa barbe d'instituteur syndiqué.

— Tu mélanges tout, papa. Tu reviendras ?

— Je ne sais pas encore. Enfin si, je pense… Lacanau me manque… et vous aussi. Venez me voir !

— Pourquoi pas ? En même temps, l'Écosse, c'est pas tout près. D'ailleurs, ça non plus, tu ne m'as pas dit, pourquoi l'Écosse ?

Jean prend un ton un peu trop enjoué pour ne pas être suspecté de vouloir changer de sujet. Mais le Vieux n'y voit rien. Lui qui parlait de valises continue de vider son sac.

— Parce que mon frère y est, bien sûr, avant tout. Et parce que là-bas c'est comme dans certains coins d'Irlande, rien n'a changé, ou si peu. Les landes sont vastes, immaculées, sauvages. Dans les villages, les gens se retrouvent, ils font la fête au pub, ils jouent aux fléchettes, ils boivent, ils chantent, ils dansent, ils pêchent dans une eau encore limpide, ils sont jaloux de leur culture et fidèles à leurs traditions, ils n'en ont pas honte, bien au contraire. Pas étonnant qu'ils veuillent leur indépendance, tu parles ! Quand ils voient le beau spectacle qu'offrent nos contrées, ils n'ont aucune envie d'être contaminés et, entre nous, je les comprends. Ici, les gens sont courageux, dignes, droits. Ils tiennent à ce qu'ils ont construit. Ici, si les hommes portent des jupes et non des petits pantalons étriqués, que veux-tu, c'est peut-être parce qu'ils ont plus de couilles que nous.

— Papa ! Malo est là. Il te voit et il t'entend.

— Tant mieux ! Qu'il apprenne le langage de ses ancêtres, ils savaient être gaulois et un peu verts, c'est vrai mais, franchement, ça avait plus de gueule !

Jean saisit la balle au bond.

— Eh bien, c'est précisément sur cette note un peu verte que nous allons nous quitter, tu veux bien ?

— Dommage, on s'amusait bien !

— Je sais, mais bon, j'ai besoin de l'ordinateur pour le boulot et il est bientôt l'heure de dîner. Je vous laisse encore un peu en tête à tête et après on coupe. Promis ?

Et les deux connectés, comme pris en faute et trop sages pour être honnêtes, de s'exclamer en chœur :

— Promis !

*

Durant un bon mois, le sacro-saint face-à-face quotidien va se poursuivre jour après jour, sans souffrir la moindre minute de retard. Dans la chambre, à l'heure dite, Jean entend chaque soir la même partie de ping-pong verbal, avec force rires et exclamations. Il ne lui viendrait pas à l'idée de perturber cet entretien.

Mais ce soir, c'est différent. Ce soir, le Vieux célèbre ses quatre-vingts ans et Jean a bien l'intention de s'inviter à la fête. Il faut dire qu'en plus du vacherin couronné de bougies hautes comme des baguettes de tambour, lui et Malo ont préparé au Vieux une surprise qui devrait faire mouche : leur venue en Écosse pour les prochaines vacances, matérialisée par deux billets d'avion aller-retour placés à la surface du gâteau.

Dans une atmosphère de complot, les voilà assis face à la petite table sur laquelle est disposée la lanterne magique des temps modernes. Leur excitation est si grande qu'il s'en faut de peu qu'un geste maladroit ne fasse s'affaisser les bougies comme des quilles, provoquant la panique et la combustion instantanée de l'arche de Noé. Pour donner plus d'effet à l'illumination, ils ont éteint les lumières. On entend ricaner et glousser, deux gamins dans le noir que les parents croient assoupis, deux gamins qui s'apprêtent à faire une bêtise.

L'ordinateur est maintenant allumé et diffuse son halo bleu sur les figures des deux conspirateurs, tandis que les bougies projettent un peu partout des ombres fantasmagoriques. Il est 19 heures précises. Après les trois coups sous la forme d'une brève tonalité, le rideau s'apprête à se lever sur une image instantanée, comme jaillie du cosmos. Les rires sont tombés, le trac a pris leur place, l'émotion aussi. Père et fils ont le cœur qui bat au diapason – c'est imminent, on dirait.

La tonalité s'est tue. Dans un même élan, Jean et Malo prennent une profonde respiration pour entonner un tonitruant « Joyeux anniversaire ! ». Mais à peine l'image apparaît-elle à l'écran qu'ils restent bouche bée, souffle coupé. Car ce n'est pas le visage du Vieux qui se tient devant eux, mais celui de l'oncle Dundee, dévasté par les larmes.

— Qu'est-ce qui se passe ? Qu'est-ce qui s'est passé ? bondit Jean en empoignant, puis en secouant, le clavier de l'ordinateur, comme s'il était en dérangement.

Trois interminables secondes s'écoulent, pendant lesquelles on se cherche, on se jauge, on se place. Enfin, la voix de l'oncle se fait entendre, très lasse :

— *You see me ? It's ok ?*

— *Yes, it's fine. What happens ?*

— *I'm sorry, Jean... So sorry... It's your father... Your father is dead.*

— Quoi ? bondit Jean, incrédule.

— *He's dead... He's dead today... On his birthday...*

— Mais c'est pas vrai ! Mais quand ? Comment ?...

L'oncle ne l'écoute plus. On ne voit plus que son crâne baissé, on n'entend plus que ses sanglots. Les vannes ont lâché. En voyant la carcasse de ce géant secouée de chagrin, ses épaules comme saisies de froid malgré l'éternel tricot shetland aux mailles épaisses, Jean commence à réaliser qu'il a bien compris. Qu'il ne s'agit pas d'un problème d'appareil en panne, de transmission technique, substituant à l'image de son père celle d'un sosie en larmes. Mais que le Vieux a bel et bien vécu, aujourd'hui, son ultime anniversaire.

Moins pour lui traduire la nouvelle que pour se l'entendre dire et ainsi s'en convaincre, Jean prend alors son fils dans ses bras et lui dit simplement : « Ton grand-père est mort. » Inutile traduction, en effet; Malo a déjà pris soin de souffler les bougies du gâteau.

Dans ce halo soudain funèbre, un homme et son fils regardent à présent l'image pathétique d'un grand Écossais aux joues couperosées en train de reprendre ses esprits. Le gâteau est posé au pied de la table, incongru, avec ses deux enveloppes stupides. C'est Jean qui rompt le silence.

— S'il te plaît, explique-nous.

À l'écran, l'oncle se mouche. La tempête est passée. Il paraît désormais apte à articuler quelque chose.

— *Well...*

— En français, tu peux? l'interrompt Jean. C'est pour le petit...

– OK, but... just before...

Dans un fracas de chaise qu'on recule, le géant se lève d'un coup, pivote. Jean et Malo le voient disparaître du champ, perçoivent des bruits de bouteille puis des pas qui se rapprochent. L'oncle se rassoit à la même place, un flacon de whisky dans une main, un verre dans l'autre. La rasade qu'il se sert évoque à Malo les doses de jus de pomme qu'il engloutit après un match de foot. Il ne manque que la paille et le goûter. Jean n'ose rien dire, ce n'est pas vraiment le moment.

Il se contente de se retourner vers Malo, histoire de le prendre à témoin. Ce dernier, les coudes sur ses genoux serrés et le menton posé dans ses mains, fixe l'écran, hypnotisé. Une énorme larme, ronde et brillante comme le cristal, brille dans chacun de ses yeux. Faute de pouvoir y lire l'avenir, on y lit un passé proche dans lequel un vieil homme, pétri de certitudes, affirmait à son petit-fils qu'un garçon ne pleure pas. De fait, Malo ne pleure pas. Il laisse simplement ces deux loupes grossir entre ses paupières pour mieux mesurer l'énormité de ce qui vient de se passer.

— Je t'écoute, mon oncle…

— OK.

— Tu es sûr que ça va ?

— Maintenant, ça va un peu mieux.

— Alors, dis-nous, qu'est-ce qui s'est passé ?

L'oncle se racle la gorge, respire à fond, rassemble ses forces.

— *So*… Cet après-midi, ton père, comme d'habitude (l'oncle prononce « comme d'habitioude »), est parti à la falaise, la plus haute d'Albroath, il disait que c'était « sa » falaise…

— Il y allait tous les jours ?

— *Everyday*… tous les jours. Il partait tous les jours avec la Lionne, tu sais, la voiture, pour regarder la mer.

— La mer… « Sa » mer, corrige Jean.

— Oui, « sa » mer, poursuit l'oncle. Pour la voir, il allait au bout de la petite route, à un kilomètre. C'est là qu'on l'a retrouvé. Des pêcheurs le connaissaient.

Ils savaient que… il était… mon frère. Alors ils m'ont prévenu. Il a eu une… euh… tu sais… *heart attack*…

— Crise cardiaque, dit Jean, pour enfoncer le clou.

— C'est ça.

— Il avait déjà eu des alertes ?

— Oui, plusieurs fois. Mais tu sais comment il était, mon frère, hein ?

— Oh oui, ça je sais… Ton frère était aussi mon père… Il avait quelque chose sur lui ?

Pour la première fois, un vague sourire traverse le visage de l'oncle, qui se remet à dessein en version originale :

— *Yes… a very good scotch whisky…* « Seize ans d'âge » *as you say in France… in a flask, you know…*

— Une flasque.

— Oui. Allez, *cheers brother* ! lance le vieil homme en levant son verre en direction du ciel, avant de le vider cul sec et d'en regarder le fond un moment, perplexe. Puis de poursuivre, la voix brûlée par l'alcool.

— Pour son anniversaire, il voulait trinquer avec l'océan. Les docteurs lui avaient dit d'arrêter, mais il n'écoutait personne.

— À qui le dis-tu ? relève Jean en souriant tristement à Malo. Et rien d'autre ?

— Rien d'autre ?

— On n'a rien retrouvé d'autre sur lui ?

— Oh, oui. *A phone*. Un mobile.

Jean manque de tomber du canapé.

— Un mobile ! Alors là, on aura tout vu. Mon père avec un portable sur lui ? Mais il disait que c'était la plaie du monde moderne et que le monde moderne était une plaie ! Skype, déjà, ça m'étonnait, mais alors un portable...

— Je sais.

— Et comment il se l'était procuré ? Il l'avait acheté ?

— Non. C'était un cadeau.

— Un cadeau ? Mais il se foutait des cadeaux ! Un cadeau de qui ?

— Un cadeau de moi.

— Et il a accepté ?

— Oui, sinon je le foutais dehors ! réagit l'oncle, la voix et les joues échauffées par l'alcool. *No choice!* J'étais inquiet pour sa santé, je voulais pouvoir le contacter en permanence, ce vieil... ce vieil emmerdeur. C'est bien comme ça qu'on dit, non ?

— C'est exactement comme ça, sourit Jean. Et alors ? À quoi ça lui servait, ce portable ?

— À ce qu'il m'appelle en cas de problème. Mais moi, j'avais interdiction de le déranger.

— Tu étais dans sa liste de contacts ?

— Contacts ? Euh... je ne sais pas. Il connaissait mon numéro par cœur.

— Regarde quand même...

À l'écran, l'oncle se met à manipuler le portable avec des précautions d'ornithologue. Rouges, noueuses, mais étonnamment délicates, ses mains y mettent le même soin que pour extraire un mot doux des serres d'un pigeon voyageur.

— Ah, voilà, déclare-t-il. Il n'y a qu'un nom dans les favoris... et ce n'est pas moi.

— Qui est-ce ?

— Malo.

Jean regarde son fils. Les yeux de l'enfant brillent sans que l'on sache s'il s'agit de larmes ou de fierté. Jean penche pour la seconde option. Aussi, pas question de s'arrêter là.

— Et les appels ? Tu as regardé dans la liste des appels envoyés ? Ou des messages envoyés ? Si ça se trouve, il a essayé d'appeler à l'aide !

De l'autre côté de l'écran, nouvelle danse des gros doigts de l'oncle sur le ventre chaud du mobile. Dans un cliquetis doux, ça joue du pouce, ça ausculte, ça palpe, ça prend le pouls. Tout l'être de Malo est tendu vers l'écran. Il est déjà de l'autre côté du miroir, yeux écarquillés, bouche grande ouverte, absorbé.

— Oui, ça y est ! triomphe l'oncle. Il y a un message, daté de ce matin. Mais qui n'est pas passé. Il faut dire qu'ici le réseau est instable.

— Ce qui ne devait pas être pour déplaire à papa, ajoute Jean. Et pour qui il est, ce message ?

— Pour le seul nom contenu dans les contacts. Pour Malo.

Cette fois, tout le monde se regarde. Le silence tombe sur la pièce comme une chape de plomb. Même les peluches semblent s'être tues à l'instant. Presque un peu penaud, explorateur chargé d'un sac d'or trop lourd pour lui, l'oncle se risque enfin :

— Je peux ?

— Oh oui ! répond Malo dans un souffle sourd qui ressemble à un cri du cœur.

Non sans un rien de cérémonie – à laquelle le Glen Moray n'est sans doute pas étranger –, l'oncle rechausse alors ses lunettes et se met à lire distinctement l'ultime message du Vieux : *« Mon chéri, je me sens un peu fatigué… alors, si un soir je rate un de nos rendez-vous sur Skype, ne t'inquiète pas. Là-haut, je trouverai bien quelqu'un pour me créer une connexion entre le ciel et la terre. Nous pourrions l'appeler Sky, qu'en dis-tu… ? »*

— À la fin du message, il y a même un smiley, précise l'oncle en enlevant ses lunettes. Vous vous rendez compte ?

Jean et Malo ne se rendent plus compte de grand-chose. En fixant l'image muette de l'oncle, comme arrêtée sur « pause », ils se remémorent et repassent en boucle l'ultime message du Vieux. Jean a le sourire fair-play de celui qui, une fois encore, n'a pas su voir venir le tour du magicien. Quant à Malo, les coudes sur les genoux et le regard dans le vide, il navigue à présent dans une dimension qui va bien au-delà des écrans terrestres. Tandis que deux larmes – les dernières, promis – coulent de chaque côté de sa bouche, il laisse tomber, bouleversé :

— Lui non plus, il ne m'a pas dit au revoir.

— Hein ?

— Il ne m'a pas dit au revoir. Comme moi à Lacanau.

— T'inquiète, mon Malo, le rassure Jean en essuyant sa joue. Tu n'y peux rien, et lui non plus, si son texto n'est pas parti. Réseau ou pas réseau, vous étiez sur la même longueur d'onde.

De l'autre côté de l'écran, un gros reniflement les tire de leur torpeur. L'oncle est là, épuisé, bienveillant, sa grosse trogne soulagée d'avoir pu pleurer, sans fausse pudeur ni fausse honte, devant les siens. Bien sûr, ils le verront à Paris pour les funérailles et l'enterrement. Bien sûr, il y rencontrera Leïla, et même le nouvel ami de celle-ci – heureusement que le Vieux ne l'a pas su, mais peu importe, Malo aime bien ce beau-père photographe qui rapporte toujours des images incroyables de ses périples. Bien sûr, tous viendront le voir en Écosse, plus tard, un jour, quand tout cela sera terminé.

Finalement, ils le saluent, l'embrassent de loin, sans oser dire leur frustration – réciproque – de ne pas pouvoir le serrer dans leurs bras. Puis l'écran, confirmant l'augure, s'éteint pour de bon. Enfin, pas tout à fait : aux yeux de Malo, et seulement à ses yeux, il y persistera toujours un minuscule point blanc, brillant en permanence. Un simple point lumineux ici, mais dans le ciel du Médoc, une nouvelle étoile.

Cet ouvrage a été composé et imprimé
en janvier 2014 par

CPI
FIRMIN-DIDOT

27650 Mesnil-sur-l'Estrée
N° d'édition : 735
N° d'impression : 121441
Dépôt légal : janvier 2014

Imprimé en France